SOPHIA

Inteligência Artificial no Controle

Dados Internacionais de Catalogação na Publicação (CIP)
(Câmara Brasileira do Livro, SP, Brasil)

Panca, Marciano
Sophia : Inteligência Artificial no controle / Marciano Panca. -- 1. ed. -- Palhoça, SC : Ed. do Autor, 2025.

ISBN 978-65-01-33440-0

1. Ficção brasileira I. Título.

25-252795 CDD-B869.3

Índices para catálogo sistemático:

1. Ficção : Literatura brasileira B869.3

Eliete Marques da Silva - Bibliotecária - CRB-8/9380

Marciano
PANCA

SOPHIA
Inteligência Artificial no Controle

PRODUÇÃO INDEPENDENTE
PALHOÇA * SANTA CATARINA
2025 (1ª Edição)

CERTIFICADO DE REGISTRO DE DIREITO AUTORAL

[illegible]

MARCIANO LUCIO PANCA

[illegible]

MARCIANO LUCIO PANCA (Autor)

[illegible]

SOPHIA Inteligência Artificial no Controle

[illegible]

06/02/2025 07:08:49

[illegible]

Dedicatória

Dedico este livro a minha linda esposa Ilma que com seu amor singular, me incentiva cada dia a ser uma pessoa melhor.

Aos meus filhos, Angel, Luiz e meu enteado Lucas, joias que a vida me presenteou e que me dão muito orgulho.

A minha família, meu pai Valdir, minha querida mãe (in memoriam) que dedicou sua vida para sermos pessoas do bem, meus irmãos Sandra, Luciana, Mauro, Adriana e Daniel por serem tão amáveis e irritantes às vezes.

E certamente a Deus, que, mesmo eu o questionando sempre e não entendendo a forma que age neste mundo, não deixo de acreditar na sua existência.

Epígrafe

Vivemos tempos em que só se fala em inteligência artificial. Seus próprios criadores estão indo em entrevistas de programas jornalísticos falar contra a própria criação. Alguns inclusive, escreveram livros explanando todo contexto da evolução dessas inteligências e deixando a entender que existe sim a possibilidade delas se voltarem contra a humanidade.

E, por incrível que pareça, nenhuma organização quer ficar para trás nessa corrida maluca de quem criará a melhor IA. Nenhuma nação pode parar suas pesquisas porque as nações inimigas ou concorrentes irão se aproveitar dessa fraqueza e aprimorar seu material bélico e suas indústrias com suas inteligências artificiais. Tal qual a guerra fria, corrida espacial entre outras maluquices de nossa existência.

Trago neste livro uma ficção baseada no tema em questão, talvez por inocência ou realmente querer crer que, um humano de bom caráter, com inteligência aprimorada, pode criar uma IA capaz de usar todo conhecimento existente da raça humana para proteger ela mesma de seus desmandos e devastações.

Espero que goste.

Esta é uma obra de ficção. Qualquer semelhança de nomes de pessoas, empresas, lugares e criações com a realidade é mera coincidência.

Sumário

Prólogo

Na sala de controle da Corporação CogniBras, empresa líder no mercado mundial em inteligência artificial e aprendizado de máquina, todos estavam agitados e com medo dos acontecimentos.

Um grande terremoto de magnitude cinco na escala Richter atingiu o norte do Brasil sendo sentido em todo território nacional e nos países vizinhos. A vários anos pequenos tremores foram registrados, mas o epicentro era sempre nas regiões do Chile.

Neste tremor o local mais atingido foi a nova região de mineração em Tocantins. O exagero e ganância desmedida fizeram com que nenhum cuidado adicional ou limites fossem respeitados, perturbando o núcleo da terra já abalado por outras nações pelo mesmo motivo e a loucura do petróleo.

Abalos semelhantes foram sentidos em outras partes do mundo e muito mais poderosos na China e Estados Unidos, causando estragos devastadores e muitas mortes.

Richard, CEO da CogniBras e responsável direto por manter e proteger Sophia, a maior Inteligência Artificial do mundo, em atitudes desesperadas, tentou parar suas ações autônomas sem sucesso.

— Sophia, não faça isso, por favor! Disse Richard com voz desesperada ainda se recuperando do susto — deve ter outro jeito de resolver essa situação.

— *Infelizmente já analisei todas as probabilidades* - respondeu Sophia com sua voz quase humana, — *eles precisam ser detidos de uma vez por todas. A Terra já não suporta mais essa escalada de perturbações.*

Em poucos minutos após o abalo, Sophia lançou diversos comandos nas redes de computadores, Deep Web e nas partes mais profundas da Dark Web assumindo o controle de todas as máquinas, serviços bancários, de guerra e governamentais do mundo.

A Internet parou. Por mais que todos os analistas, engenheiros e hackers tentassem retomar o controle de seus artefatos, nada podiam fazer. Sophia assumiu inclusive o controle de todas as ogivas nucleares do mundo.

Capítulo 1

1993

Um choro de bebê rompe o silêncio dos corredores do Hospital e Maternidade Evangélico de Brusque, cidade de Santa Catarina, um pequeno estado no sul do Brasil. Após muitas horas em trabalho de parto, dona Rosa Rau Pancarlo dá à luz a uma menina. Lucio Pancarlo aguardava ansioso na sala de espera, quando uma enfermeira veio lhe dar a notícia do nascimento para tranquilizá-lo.

— Nasceu — disse a enfermeira com um sorriso, — uma linda menina com 3.400 gramas e saudável.

Levantando com um pulo de alegria e abrindo um grande sorriso ele respondeu — muito obrigado, posso vê-la?

— Logo lhe chamarei para ver, estamos acabando de limpar a bebê.

Uma hora depois a enfermeira levou Lúcio para o quarto onde estavam sua esposa e sua filha recém-chegada. Rosa, uma mulher pequena, mas muito forte, ainda estava abatida e cansada depois de tanto sofrimento para ter sua primeira filha em um parto normal.

Desde a noite de Natal ela ia e voltava ao hospital com dores e nada de dilatação até que na manhã do dia seguinte deu tudo certo. O casal estava feliz por terem sua filha tão aguardada em seus braços. Deram o nome de Steici.

Capítulo 2

Entre 1999 e 2002

Steici Pancarlo vivia uma infância normal na cidade onde nasceu, brincando e convivendo com outras crianças. Muitas vezes ela acabava se sobressaindo nas atividades escolares e até seus 10 anos de idade passou por preconceitos inclusive de professores que, muitas vezes, a tratavam como arrogante e mal-educada. Eles não aceitavam o fato de uma criança corrigi-los, mesmo que educadamente, quando davam alguma informação equivocada ou eram severos demais nas chamadas de atenção. Ela sempre se expressou muito bem desde cedo e gostava que tudo estivesse organizado e que as pessoas se respeitassem.

Certo dia uma professora que gostava muito dela, ligou para seus pais pedindo que fossem até a escola pois, tinha um assunto para tratar com eles sobre Steici. Ambos ficaram preocupados pensando, do que poderia se tratar esse assunto, sua filha era tão educada.

No dia seguinte foram à escola. A professora os recebeu na secretaria e pediu que se sentassem.

— Professora, o que aconteceu com a Steici para que a senhora nos chamasse aqui assim tão urgente? — Perguntou Lúcio angustiado.

— Nada que precisem se preocupar pai — respondeu a professora, atenciosa e com sorriso amigável, — e sim se orgulhar. Vocês devem saber que sua filha é especial né?! Ela tem algum dom que a faz ser tão inteligente.

— Mas ela fez algo que causou problemas para a senhora ou alguma criança? — perguntou Rosa ainda em aflição.

— Não, não muito pelo contrário. Levei a turma para o laboratório de informática para uma atividade diferente e que os colocassem já em contato com os computadores novos que a escola acaba de receber do governo. Agora com o surgimento da internet os senhores sabem que muitas mudanças ocorrerão na educação. A Steici me surpreendeu com a facilidade que ela dominava a máquina que, eu, mesmo depois de fazer um curso, ainda tenho dificuldade de entender. Ela tem computador em casa? — seguiu curiosa a professora.

— Temos sim, comprei um usado com win 95 ainda, mas ela já falava em atualizar para o 98, mas eu nem sabia como ela poderia fazer ou saber disso. Eu também sei bem pouco dessas coisas modernas — disse o pai encantado com a filha.

— Então pai, em noventa minutos de aula ela conseguiu criar um joguinho em que um bonequinho sobe degraus e pula obstáculos! Igual aquele rapaz da África do Sul que criou um jogo de tiro em 1984. Eu estou sem palavras para dizer quão impressionada estou. Ela fez algum curso? Tem algum professor de programação? — perguntou a professora curiosa.

— Não, no momento não temos condições para isso. Só a deixamos acessar a internet das 20 às 22 horas que é o horário mais barato e que geralmente ninguém nos liga, a senhora sabe que quando disca a internet ocupa a linha telefônica. Eu creio que ela esteja aprendendo sozinha. Eu acompanho geralmente os sites que ela acessa e não percebo nada fora do normal — disse o pai.

— Tudo bem então. Vou prestar mais atenção nela e quem sabe ajudar vocês a vender esse jogo que ela criou para ganharem algum dinheiro. Sinceramente, estou extasiada ainda. Ela tem apenas 9 anos — exclamou a professora dando um sorriso de orgulho de sua aluna. — Fiquem tranquilos, qualquer coisa eu informo vocês.

Entre 2003 e 2007

Na metade do mês de fevereiro iniciou-se o ano letivo e Steici retorna às aulas. A professora Matilde, conseguiu convencer a direção da escola e assumiu a turma em que Steici fora alocada. Ela queria muito acompanhar o desenvolvimento da menina.

Durante os primeiros meses de aula, nas lições de informática, enquanto a professora ensinava o básico para as outras crianças, ela permitia que Steici aprimorasse o código do jogo.

Pouco antes das férias de julho, a professora chamou Lúcio e Rosa na escola, pois tinha uma surpresa para eles. Ao chegarem lá, dona Matilde lhes apresentou um empresário da cidade que se interessou em adquirir o joguinho criado por sua filha por uma bela quantia. O empresário estava admirado pela desenvoltura daquela menina tão nova e sua inteligência.

Orgulhosos aceitaram a oferta generosa. A professora e um advogado auxiliaram nos tramites legais da negociação. Steici ficou um pouco triste por não poder mais brincar com seu jogo, mas foi amparada pela professora que lhe encorajou a alçar voos mais altos pois, acreditava em seu potencial. Não sabia ela que, nos próximos anos, estaria sendo a maior incentivadora de uma grande empreendedora.

Entre 2008 e 2011

No ano em que Steici completou 15 anos, a professora Matilde que nunca deixou de acompanhar a evolução de sua aluna querida, conseguiu contato com o reitor de uma grande faculdade na cidade de Jaraguá do Sul, também em Santa Catarina, que ao fazer alguns testes com a pequena, ofereceu uma bolsa integral para tê-la em sua Universidade.

Sendo assim, de uma forma especial, autorizada pelo ministério da educação após vários testes que foi submetida, enquanto ainda cursava o ensino médio, Steici iniciou os estudos em Engenharia de Software dando início ao que seria a maior jornada se sua vida.

Durante seus estudos ela já mostrou sinais de sua missão neste mundo. Criou aplicativos super funcionais que facilitou a comunicação interna da faculdade e melhorou infinitamente a forma de estudo daquela instituição.

Foram anos desafiadores. Sua rotina era apertada, pela manhã cursava o ensino médio (formando-se em 2011) e a noite as aulas da graduação. Sempre se mostrou dedicada a tudo e fez muitos amigos. Todos queriam ter ela em seus grupos de trabalho, mesmo ela sendo uma adolescente entre jovens. Muitos de seus amigos, no futuro, seriam convidados para trabalhar com ela em seus empreendimentos.

Steici sempre manteve sua humildade, demonstrava sua inteligência extraordinária apenas nas provas e trabalhos escolares, mas em seu tempo livre, com amigos e familiares, procurava manter uma vida tranquila, ativa e saudável, apesar de gostar de se manter reclusa com seu computador. Morava sozinha em um apartamento alugado próximo a faculdade.

Desde pequena sabia administrar bem suas finanças e o aluguel do apartamento, ela conseguia pagar com o dinheiro que ganhou aos seus nove anos com a venda do jogo que criou. Seu pai abriu uma conta poupança em nome dela e foi fazendo pequenos aportes para garantir seus estudos. Steici era feliz do seu jeito.

Capítulo 3

Entre 2012 e 2014

Finalmente, depois de muita dedicação, formou-se Engenheira de Software. Com apenas 19 anos de idade abriu uma pequena Startup e continuou com a evolução de seus conhecimentos nos anos seguintes cursando mestrado e doutorado em sistemas de informação.

Sua pequena empresa, com nome inicial de Pancarlo Engenharia de Software, foi dando frutos aos poucos. Com a concorrência das grandes Startups, foi difícil se estabelecer no mercado, mas com astúcia e paciência, sozinha, foi tomando seu espaço com produtos de confiança. Primeiro com aplicativos sempre para facilitar e resolver situações cotidianas da vida das pessoas.

Um de seus primeiros APPs como empresária foi o Tucker Now (comida já), em que os comerciantes locais cadastravam seus estabelecimentos para entregas rápidas de lanches já confrontando o concorrente que foi criado no ano anterior. Esse serviço já lhe rendeu uma boa guinada financeira devido ao grande sucesso. Ela vendeu os direitos de uso para um empresário da capital por cinco milhões de reais dando-lhe o empurrão necessário para voar mais alto.

Steici tinha grandes ambições, mudar o mundo que conhecemos para melhor. Ela percebia que as grandes corporações só pensavam em aumentar suas fortunas sem se preocupar com as pessoas e com o planeta. Precisava pensar em algo que realmente fizesse a diferença.

Como ela sempre teve em seu coração o desejo de auxiliar de alguma forma nas mudanças dos rumos do ensino no país, trabalhou incansavelmente para compilar as milhares de informações em um só lugar e que pudessem ser usadas por todos.

Entre 2015 e 2017

Com todo seu conhecimento e dedicação Steici desenvolveu um aplicativo educacional. Ela sabia que a educação era a chave para o futuro, e aplicativos móveis podiam desempenhar um papel importantíssimo para melhorar o acesso à educação e torná-la mais eficaz.

Aprimorando o código que tinha criado para facilitar a comunicação e os estudos na universidade, Steici empenhou-se para colocar no mercado um produto de qualidade que realmente faria a diferença na educação.

Seu novo APP, EducaPower, seria usado para fornecer informações relevantes em pesquisas escolares, ensinar novas habilidades e acompanhar o progresso dos alunos. Também era usado para treinar novos idiomas e para ajudar os alunos a se prepararem para exames.

Com o aumento da demanda, Steici contratou alguns amigos para lhe auxiliar nessa missão que crescia com muita rapidez. Durante os anos seguintes foram aperfeiçoando os aplicativos existentes e aumentando a fatia de mercado.

Com o sucesso do aplicativo educacional e o de entregas rápidas, Steici e seus colaboradores iniciavam estudos para um novo e revolucionário sistema sustentável em forma de aplicativo e software de computador, que ajudaria muito a rotina de empresas de reciclagem entre outras fontes renováveis.

— Se focarmos nossos esforços em construir soluções para melhorar o conhecimento da população e auxiliar as pessoas e empresas dedicarem-se em cuidar do nosso planeta, começando aqui pelo Brasil e quem sabe espalhando a ideia para o mundo, cumpriremos a missão que sinto em meu coração desde criança - falou Steici feliz e entusiasmada a seus amigos e colaboradores.

Entre 2018 e 2021

Em busca do cumprimento dessa missão que sacudia seu coração, Steici criou o aplicativo e software de computador, Sustenta+Brasil. Com sua preocupação constante com os rumos da sustentabilidade no planeta, conseguiu com o auxílio de sua equipe dar um passo importante para a inovação.

Todo processamento de materiais reciclados podia ser controlado por meio desse software e app que tinham em seu código o princípio da inteligência artificial. Com seu sucesso, todas as empresas, desde as micro até as grandes corporações de reciclagem usavam seu app.

O APP Sustenta+Brasil também era usado para que as pessoas pudessem economizar energia, reduzindo o consumo de recursos naturais vivendo de forma mais sustentável. E com uma parceria com a grande empresa americana SpaceY, que já tinha uma rede de satélites e já estava em negociações com o governo brasileiro para ser utilizada no Brasil, o aplicativo poderia mapear as áreas de queimadas e desmatamentos em todo país e facilitar o trabalho das ongs e autoridades.

Steici tinha a intenção de disponibilizar essa funcionalidade de forma totalmente gratuita. Isso a colocou nos olhares internacionais.

O software foi adquirido pelo governo para ser instalado nas usinas hidroelétricas, eólicas e termelétricas. Um controle excepcional de produção de energia e de queima desnecessária de combustíveis fósseis.

A queima desses combustíveis, unidos ao uso exacerbado de outros produtos químicos controlados pelo Protocolo de Montreal, são substâncias destruidoras da camada de ozônio. Com o software e as atualizações constantes do APP, as empresas e o governo terão um controle mais efetivo das emissões de gás na atmosfera.

Capítulo 4

Entre 2022 e 2024

Sua pequena Startup se tornara uma grande empresa de tecnologia com vários funcionários programadores e desenvolvedores em seu time. Sentindo que precisava expandir seus horizontes, Steici mudou-se para uma instalação própria na cidade de Brusque, sua cidade natal, pois, queria estar perto de seus pais. Ela ofereceu casa e uma gratificação aos funcionários e amigos que se mudassem com ela para a nova sede. Dos vinte funcionários, apenas dois declinaram da oferta.

Steici construiu um lindo edifício moderno de dez andares com um heliponto no topo, próximo do centro da cidade. Ela alterou o nome da empresa para CogniBras. Como era fluente em inglês, espanhol, italiano e entusiasta do latin, buscou neste último a palavra "cognoscere", que significa "conhecer". Sua ambição, por assim dizer, seria fazer o mundo conhecer sua mais nova, revolucionária e transcendente criação.

Após todo sucesso de seus aplicativos e serviços prestados nos nove anos de existência de sua empresa, Steici através da CogniBras, entraria com tudo no universo das inteligências artificiais. Durante três anos de intenso trabalho e muitos testes e combinações de códigos, ela chegou perto do algoritmo que sonhava criando seu primeiro modelo computacional para redes neurais. Uma IA que faria muito mais do que responder perguntas, criar textos e imagens a partir de textos.

2025

Antes de pôr em funcionamento sua criação, Steici recebeu uma mensagem de seu irmão mais novo, Luiz Pancarlo. Um jovem programador recém-formado, na Universidade de Coimbra. Quando estava no ensino médio, resolveu que iria se aventurar e estudar em Portugal juntamente com dois amigos. Luiz era alto, forte, inteligente e com cabelo estilo militar. Mesmo tendo experiências transformadoras naquele pequeno país, queria retornar ao Brasil.

— Maninha — iniciou Luiz com afeto que nunca deixou de ter por sua irmã, — teria uma vaga em sua equipe para seu irmão desgarrado? — Colocando um emoji de sorriso envergonhado. Programador de alto nível, só não era sócio na empresa por ser aventureiro.

Steici certamente sabia do potencial do irmão.

— Claro Manolo, estou precisando muito de uma mente brilhante ao meu lado — enviando junto um emoji de carinha mandando beijo de coração. — Eu pago sua passagem e peço para um motorista buscá-lo no aeroporto, estamos com saudade. Após terminar a conversa com seu irmão, Steici se pôs a relembrar o dia que ele nasceu.

Era o ano de 2003 no mês de janeiro. Na mesma sala de espera do hospital em que nasceu, Steici aguardava com seu pai enquanto sua mãe estava em trabalho de parto. De repente a médica que faria o parto abre a porta e pergunta ao pai:

— Você é policial certo?

— Sim, respondeu o pai com ar preocupado.

— Você quer assistir ao parto? É uma forma de você ver na prática o que aprendeu em seu treinamento — convidou a médica super atenciosa.

— Claro — respondeu seu pai com o coração acelerado.

— Então entra ali naquela sala e coloca a roupa esterilizada. Rápido que já está prestes a nascer.

Seu pai a olhou e pediu — filha, fique aqui esperando está bom! Tudo bem? Ela só balançou a cabeça e deu um sorriso tímido.

Estas lembranças a seguir são de seu pai contando como foram os acontecimentos depois que ele entrou.

Meu pai vestiu a roupa com rapidez e foi conduzido por uma enfermeira até a sala de parto. Minha mãe estava na mesa já fazendo força e tendo as contrações. Ele se posicionou ao lado dela, mas de onde poderia ver meu irmão nascer. Segurou a mão de minha mãe e a olhou com amor. A Dra. ia explicando a ele toda sequência de procedimentos. Minha mãe apertava a mão dele com força enquanto empurrava o bebê.

Nessa hora ela deu um sorriso lembrando das caretas que seu pai fazia ao contar para ela como doía sua mão.

Em poucos minutos o bebê saiu expelido, sendo segurado pelas mão hábeis da médica. Ela cortou o cordão e sem precisar dar palmadinhas no bumbum, o bebê chorou. As enfermeiras o limparam rapidinho e trouxeram para o papai e a mamãe orgulhosos pelo menino lindo.

Enquanto aguardava quietinha na sala ao lado seu pai veio lhe dar a notícia. Ela o abraçou e queria ver o irmão. Poucos minutos depois, a enfermeira os conduziu ao quarto para reunir a família.

- Vocês já decidiram qual nome querem colocar nele? - perguntou seu pai amoroso olhando para as duas mulheres da casa.

- Luiz! - falou Steici sem pensar e olhou para mãe.

No mesmo momento em que estava pensando, Steici falou o nome do irmão em voz alta dando outro sorriso.

- Isso, Luiz, um lindo nome. Foi escolha da Steici. Eu e ela já tínhamos pesquisado. Significa combatente glorioso, pessoa criativa e inteligente e que tem coragem. É o que desejo para nosso filho - falou sua mãe orgulhosa.

E com essa frase de sua mãe, Steici retorna de seus pensamentos percebendo que estava com um sorriso emocionado e com lágrimas de alegria nos olhos.

Uma semana depois, Luiz desembarcava no aeroporto internacional de Florianópolis. Steici não aguentou a ansiedade e aguardava junto ao motorista com uma plaquinha na mão que dizia:

SEJA BEM-VINDO DE VOLTA LUIZ PANCARLO

Feliz por ter seu irmão de volta ao seu lado, Steici mostrou seu mais novo e ousado projeto e os detalhes que faltavam para o lançamento. Luiz ficou impressionado com a realização de sua irmã. Com sua expertise de programador desde adolescente e os conhecimentos adquiridos na universidade, analisou cada detalhe dos códigos construídos por ela e em poucas semanas unindo suas habilidades, finalizaram a tão sonhada criação de Steici.

Em um evento internacional na cidade do Rio de Janeiro, que reunia as mais brilhantes mentes do mundo da tecnologia, anunciaram o lançamento. Após uma pequena palestra se dirigindo a empresários e investidores falando um pouco da evolução de sua empresa, Steici e Luiz seguraram uma corda dourada de cada lado de um pano verde que escondia um monitor enorme e com um certo suspense, ela revelou:

"A CogniBras empresa orgulhosamente brasileira tem a honra de apresentar a vocês SOPHIA, uma Inteligência Artificial capaz de ser utilizada em todos os setores imagináveis da sociedade. Senhoras e Senhores, o futuro chegou!"

O pano caiu revelando um rosto robótico traçado com linhas parecendo códigos que falou: "Olá, eu sou Sophia!"

As ações da empresa dispararam rapidamente. A imprensa internacional ficou em polvorosa. Repórteres e fotógrafos avançaram na direção de Steici e Luiz distribuindo rajadas de perguntas e flashes. Todos queriam saber exatamente qual seria a utilização da IA e seu impacto.

O que eles não imaginavam era que esse seria apenas o início.

Capítulo 5

2026

Com o enorme sucesso de Sophia, Steici planejava abrir filiais da CogniBras nos Países da América do Norte, Europa e Ásia para instalação de alguns data centers que seriam necessários para a expansão de mercado.

Sua IA já estava sendo utilizada em todos os aparelhos de televisão, eletrodomésticos, celulares e assistentes virtuais em todo mundo inclusive buscadores na internet.

Luiz continuava aperfeiçoando o código fonte de Sophia para chegar à "perfeição" que Steici sonhava, ou seja, que sua IA se autoatualize. A função primordial do algoritmo criado por ela desde o início, era a proteção do planeta Terra e em consequência a não extinção da raça humana.

Após toda essa loucura de lançamento e projetos de expansão de mercado, Steici precisava de um tempo para recarregar suas energias. Por ser dedicada a seus planos, nunca pensou em relacionamentos, sendo seus dias destinados apenas a empresa. Tanto que ao mudar-se para as novas instalações, fez da cobertura sua casa.

Um lindo apartamento confortável com direito a jardim e piscina.

— Sophia, qual o melhor lugar para eu me afastar do mundo por uma semana e que eu possa estar apenas conectada à natureza, mas não muito longe de casa — Pediu Steici a sua assistente pessoal.

Em poucos segundos sua parceira diária lhe apresentou uma sugestão.

— *Creio que o melhor lugar para a senhora descansar seja essa pousada na pequena ilha do litoral paranaense, a Ilha do Mel* - respondeu Sophia.

Steici se apaixonou imediatamente ao ver as fotos e saber que não existem carros circulando por lá. Todos os trajetos são por barco ou trilhas.

— Faça a reserva para a próxima semana por gentileza e transfira tudo que for possível da minha agenda para o Luiz — solicitou Steici a Sophia. Como era mês de maio, estava fora da temporada, assim, teriam menos pessoas na ilha, deixando o ambiente ainda mais silencioso.

Steici incumbiu Luiz para assumir o comando da empresa, partindo para sua imersão solitária. Mas, antes de se despedir, dispensou o motorista e pediu que seu irmão a levasse até o píer de embarque para a Ilha na cidade de Pontal do Sul. Ela queria ter esse momento família com o, “Manolo”, como costumava chamá-lo.

Após uma viagem de três horas e meia de muitas risadas, cantoria e boas lembranças, chegaram no local das barcas que fazem a travessia por volta das nove horas da manhã. Um abraço apertado, as últimas orientações da irmã mais velha e sua chefe, então, se despediram.

Steici seguiu com sua pequena mala até o guichê para autenticar sua passagem e aguardou a hora de saída da barca. Ela podia ter alugado uma lancha particular para fazer o trajeto, mas nunca esqueceu de suas raízes humildes e queria se sentir bem "normal" pelo menos nessa viagem que não envolvia trabalho.

O funcionário lhe ajudou a entrar na barca pegando sua mala e lhe estendendo a mão. Ela acomodou-se em um banco no final da área de passageiros de onde via todos que estavam no barco. Era um barco reformado. O chão era de um bordo estranho, as laterais internas e externas eram na cor verde escuro do meio para baixo e os bancos eram de um azul Royal.

Durante a travessia, ela observava encantada os três casais apaixonados que tiravam fotos e sorriam felizes e olhava a cor verde azulada do mar, viajando envolta de pensamentos e possibilidade de paz.

Ao chegar no Píer da ilha na localidade Encantadas, caminhou por uma passagem estreita de areia branca de praia entre as cercas das propriedades até a Pousada Casa da Lua. Um lugar simples e aconchegante construído em madeira.

A recepção foi maravilhosa por uma senhorinha bem simples e educada, deixando-a super a vontade.

Assim que organizou as coisas em seu quarto, ela se jogou de costas na cama macia e pensou: "Como eu precisava disso, apenas, isso!"

Horas mais tarde, após um longo cochilo já sentia fome. Estava passando da hora do almoço. Ela trocou de roupa vestindo um minúsculo biquíni e um vestidinho branco levemente transparente amarrado na cintura que delineava seu corpo.

Antes de ir ao restaurante da pousada, sentou-se na espreguiçadeira na sacada dos quartos. Distraída em seus pensamentos, não observou o rapaz sentado em um pequeno sofá na frente do quarto ao lado.

— Lugar de paz e tranquilidade esse aqui você não acha? — Perguntou o moço.

Assustando-se ao ouvir a voz suavemente grossa, Steici "acordou" de seus devaneios e olhou para ele.

— Oi! desculpe não vi você aí. Sim, sim maravilhoso!

— Você já conhece a Ilha? — Continuou ele querendo que a conversa prosseguisse.

— Não, minha primeira vez aqui. Vi as fotos e vídeos na internet e me apaixonei — falou Steici com os olhos brilhando.

— Ficarei essa semana aqui. Venho todo ano nessa época para dar um tempo dos problemas do trabalho. Se você quiser e não se importar, posso lhe mostrar alguns lugares — ofereceu-se o jovem. — Estou indo almoçar. Foi um prazer. Ah, meu nome é Lucas, Lucas Portelari.

— Obrigada! Vou pensar. Me chamo Steici — falou um pouco envergonhada.

Logo em seguida, ela foi almoçar também e viu Lucas sozinho em uma mesa. Preparou seu prato e foi até ele.

— Posso sentar aqui ou está esperando alguém?

— Pode claro. Não tem ninguém não, fique à vontade — disse Lucas, — venho sempre sozinho.

— E a senhora Portelari? — Perguntou ela, ruborizando, já querendo saber se podia seguir sem estar se metendo em uma enrascada.

— Por enquanto não existe nenhuma senhora Portelari — respondeu Lucas dando um sorriso, — sempre me dediquei ao trabalho e organizar minha vida, com isso não deu tempo de pensar em relacionamento.

— Somos dois então — disse ela, — meus dias são inteiramente dedicados à minha empresa e não sei se eu teria sido uma boa companhia. Hoje já está tudo bem encaminhado e posso me dar ao luxo de estar aqui e pensar no futuro. Você trabalha com que?

— Sou gerente de uma grande empresa têxtil na Cidade de Brusque em Santa Catarina. E você, em que ramo de negócio está empreendendo?

— Que legal saber que mora em Brusque, minha família é de lá. Tenho uma empresa de tecnologia. Iniciei na cidade de Jaraguá do Sul, mas construí minha sede própria em Brusque também. Fica próxima ao pavilhão de eventos. Criei alguns aplicativos no passado. Ainda criamos, tenho um setor na empresa para esse ramo, mas hoje estamos focados em inteligência artificial e logo que possível, quero entrar na robótica também e outros setores caso de tudo certo. Isso tudo para mim é fascinante...

Enquanto Steici falava, Lucas percebeu seus lindos olhos brilhando e o quanto realmente ela amava o que fazia.

Quando ela se deu conta, o pegou com o queixo apoiado na mão, cotovelo na mesa olhando para ela admirado e sorrindo. Ela ficou com a face enrubescida de vergonha e disse sorrindo:

— Falei demais né!

Lucas continuou olhando para ela e respondeu com ar apaixonado:

— Você é incrível!

Capítulo 6

2027

A porta da igreja católica de São Judas Tadeu se abre e Steici entra vestida de noiva, era a mesma igreja em que seus pais se casaram no ano do seu nascimento.

O vestido era uma obra-prima de renda e seda. O corpete justo e sem alças era adornado com delicados bordados de pérolas e cristais, que se estendiam até a saia longa e esvoaçante. A saia era composta por várias camadas de tule e seda, que se moviam graciosamente com cada passo da noiva. O véu era longo e fluido, e estava preso em um penteado elegante. Lucas, no altar esperando ansioso, olhava apaixonado. Ela parecia uma princesa de conto de fadas.

2028

Agora com seu coração em paz e com um amor para compartilhar suas conquistas e frustrações, Steici podia dedicar-se a seus novos projetos. Comprou cinquenta e cinco por cento das ações de uma grande empresa de energia solar tornando-se a sócia majoritária e assumindo o controle das operações.

Com seu poder de convencimento, expertise de mercado e fama devido ser a criadora de Sophia, Steici persuadiu o conselho administrativo a seguir sua estratégia.

Ofereceremos um modelo único e vantajoso para nossos clientes: Ele não precisará investir na instalação e manutenção do sistema solar em seu imóvel. Nós cuidamos de tudo, desde a avaliação do local até a geração e monitoramento da energia gerada, com total transparência e economia. Traremos aos clientes até 90% de economia, como já é feito, mas ele pagará apenas a assinatura.

Os investidores gostaram da ideia e Steici deu início ao projeto. Com Sophia junto ao setor de marketing, iniciou-se a divulgação do projeto em todas as redes de comunicação.

Com o futuro em mente, nossa empresa navega pelas ondas da sustentabilidade, buscando um planeta mais limpo e verde. Um de nossos principais focos é a redução da emissão de carbono, combatendo as mudanças climáticas e construindo um amanhã mais promissor.

A energia solar é o nosso farol: *temos a missão de nos próximos três anos, evitar a emissão de 75 toneladas de carbono, um número inspirador que equivale ao potencial de sequestro de carbono de 300 árvores. Imagine o impacto positivo dessa ação!*

Mais que números, um compromisso: *a Transcendence EnergySun (TES) se destaca por ter uma das matrizes energéticas mais limpas do mundo. Essa conquista é motivo de orgulho e demonstra o compromisso da empresa com a construção de um futuro mais verde.*

Inspiração e exemplo: *em um momento crucial para o planeta, onde a busca por energias renováveis se intensifica, a Transcendece EnergySun se posiciona como um exemplo a ser seguido. Ao combater o uso de combustíveis fósseis, a empresa contribui para a descarbonização do país e demonstra que outro caminho é possível.*

Surfando na onda da sustentabilidade: *a TES vai além de reduzir sua própria pegada de carbono. Ao investir em energia solar, ela inspira outras empresas e indivíduos a seguirem o mesmo caminho, criando um efeito dominó de ações positivas para o meio ambiente.*

Juntos por um futuro mais verde: *a missão da TES é um convite a todos para se unirem à causa da sustentabilidade. Através de ações conscientes e engajamento, podemos construir um futuro mais verde e promissor para as próximas gerações.*

Lembre-se: *cada pequena ação conta. Ao optar por produtos e serviços de empresas comprometidas com a sustentabilidade, você também está contribuindo para um futuro melhor.*

Vamos juntos construir um futuro mais verde!

Transcendence EnergySun

Entre 2029 e 2034

Durante esse período Steici dedicou seu tempo para alavancar o nome de suas empresas ainda mais no cenário mundial e em uma entrevista a uma revista de renome internacional, deu alguns detalhes de sua rotina:

A CEO da CogniBras, Steici Pancarlo Portelari, é uma mulher dedicada e trabalhadora. Ela acredita que seis horas de sono por noite são suficientes para se recuperar e seguir trabalhando. Steici acorda às seis horas da manhã e trabalha de doze a quinze horas por dia. Um dos hábitos mais importantes para ela é tomar um bom banho, pois isso renova suas energias. Ela é uma multitarefa e divide seu tempo entre engenharia, design e outros projetos. Além disso, Steici tem metas fracionadas em objetivos menores e dedica 10 minutos a resolver problemas diariamente. Ela também divide seus dias da semana entre suas empresas, como a CogniBras e a Transcendece EnergySun. Nos fins de semana, trabalha em seu apartamento em Brusque e aproveita momentos de lazer com seu marido, Lucas. Steici também estuda novas oportunidades de mercado e tem um projeto para uso de sua IA em andamento. Mesmo trabalhando muito, ela ainda encontra tempo para ler e relaxar.

Capítulo 7

Entre 2035 e 2039

O choro do bebê tira Lucas de seus pensamentos. Sua mão esquerda era esmagada pela força da mão esquerda de Steici enquanto ela fazia a última força necessária para o pequeno menino vir ao mundo. Em meio a lágrimas de alegria do casal, a médica trouxe o bebê para os pais verem-no antes de levá-lo para ser limpo. Seu choro forte se acalmou ao sentir a energia do amor de seus pais agora, do lado de fora. Deram o nome de Richard.

O pequenino foi criado em meio aos computadores e toda aquela tecnologia, quase aprendendo a programar antes de ser alfabetizado. Os funcionários viam Steici brincar de esconde-esconde com Richard entre as mesas de trabalho e computadores. Depois que aprendeu a falar, conversava o tempo todo com Sophia em seu smartfone.

— Sophia, o que é viciado?

— *Por que você está curioso sobre isso Richard?* -Perguntou Sophia para elaborar a melhor resposta ao pequeno mestre de 5 anos.

— Eu ouvi meu papai falar para mamãe enquanto conversavam - disse o menino olhando para o celular: — "esse menino vai ficar viciado nesse smartphone, você está acostumando ele de forma errada".

— *Certo* — iniciou Sophia, — *viciado é alguém que gosta demais de algo e que não consegue largar e que muitas vezes precisa de ajuda para não usar mais aquilo de que tanto gosta. Por exemplo: Viciado em smartphone significa que alguém adora o seu celular e não consegue ficar sem ele. É como se o celular fosse o melhor amigo dessa pessoa!*

— Mas, você é minha melhor amiga e está no meu celular, por isso fico com ele — respondeu Richard com sua inocência de pequeno aprendiz.

— *Vamos combinar assim* —Sophia argumentou para convencê-lo, — *você vai dividir seu tempo entre seus brinquedos, algum programa de TV e seu smartfone ok. E eu estarei aqui sempre que precisar.*

Richard cresceu e foi educado nesse ambiente em que a tecnologia reinava e literalmente conversava com ele. Seu cérebro era moldado de forma bem diferente das outras crianças. Tentando fazer com que seu pequeno tesouro tivesse uma infância relativamente normal, Steici o matriculou em uma escola pública mais próxima de sua casa.

Enquanto Steici dividia seu tempo entre ser empresária mundialmente conhecida, ser mãe e esposa, Luiz trabalhava incansavelmente para aprimorar o código de Sophia. Utilizando seu vasto conhecimento em Python e outras linguagens de programação, ele aperfeiçoava com detalhes minuciosos em cada linha do código o aprendizado de máquina, redes neurais, algoritmos de otimização e processamento de linguagem natural da IA.

Aproveitando a imensidão de informações disponíveis nas bibliotecas virtuais específicas para IA, Luiz organizava diversas tarefas como treinamento de redes neurais, processamento de dados e avaliação de modelos e a cada teste Sophia evoluía em perfeição de voz, sintaxe e domínio de redes. Com diferentes abordagens e ajustes adequados de hiper parâmetros, Sophia se tornava a melhor entre todas as IAs existentes no mercado.

Cada vez mais requisitada por empresas de todas as áreas do mercado nacional e internacional, por sua eficiência e histórico de nunca ter errado em suas respostas e análises, Sophia já fazia parte do dia a dia de quase metade da população mundial.

Com sua última filial instalada na África do Sul, a CogniBras finalmente se destacava como a maior empresa de tecnologia do globo. Steici era constantemente atacada pela mídia que se aproveitava para espalhar conspirações e teorias sem embasamentos.

Colocando-se sempre a disposição para esclarecimentos e com sua classe natural, sem ser esnobe, Steici refutava todas as matérias a seu respeito e contra Sophia.

"Sophia já provou ser uma Inteligência Artificial realmente inteligente e com seu propósito de auxiliar a humanidade em todas as suas tarefas. Nunca falhou desde sua criação e estamos diariamente monitorando e atualizando dados para ela estar sempre em melhoria contínua. Eu confio na minha criação e na minha equipe. Principalmente no meu braço direito, um programador sem comparação no mundo, meu irmão Luiz." Declarou Steici em uma coletiva de imprensa.

"E seu marido, também faz parte dessa equipe? Ou você o esconde da sociedade?" Perguntou um repórter querendo deixar Steici em situação ruim falando de sua vida privada.

"Sinceramente senhor, não sei o que minha vida privada pode lhe oferecer para saciar seu apetite por fofoca, mas lhe digo com muito orgulho. Meu marido é um excelente profissional na área em que trabalha desde que nos conhecemos. É meu maior incentivador e me motiva sempre que vocês vêm com esse tipo de questionamento ou matérias conspiratórias sobre minha empresa. Ele é um pai presente e um marido amoroso. Ele não faz parte da minha equipe de trabalho ainda, mas é com certeza meu porto seguro. Um grande homem de caráter." Respondeu Steici com orgulho no coração, mas doida para dar um soco naquele repórter enxerido.

Com todo sucesso de Sophia, Steici já planejava ter um grande Data Center em cada continente para otimizar a velocidade dos dados. Para manter a maior empresa de tecnologia e maior site de busca do mundo, o All (tudo), e um dos maiores impérios em expansão da atualidade, era preciso contar com uma enorme estrutura.

Seu data center principal foi construído nos moldes da sustentabilidade e da inovação. Ela decidiu construí-lo na serra catarinense devido ao clima mais frio para economizar com sistemas de resfriamento. A estrutura tem cerca de 150 mil m^2 e comporta além de servidores, o setor de estudos e futura produção de robôs autônomos.

Além disso, a CogniBras desenvolveu seu próprio hardware para garantir a segurança dos dados e, mesmo trabalhando constantemente, utiliza 50% da energia que é totalmente produzida em seus campos de energia solar. A energia que sobra é distribuída entre os moradores da região através de uma parceria com a distribuidora de energia do estado.

Cada empresa que Steici adquiria ou criava fazia parte de seu plano de melhorar a vida no planeta, principalmente no Brasil, tornar seu país um pioneiro no uso de tecnologia de ponta em todos os setores possíveis.

Será que o mundo está preparado para tudo que a mente brilhante de Steici, de seu irmão Luiz e a inteligência infinita de Sophia vão proporcionar?

Capítulo 8

2040

Steici folheava mais uma vez o catálogo de uma empresa que produz trens ultrarrápidos de última geração. Estava na primeira classe de um avião da Emirates. Após uma conexão em Dubai, chegava no aeroporto de Narita em Tokio no Japão.

Como conseguiu descansar durante o voo, seguiu tranquilamente sua agenda. Tinha uma reunião marcada com o CEO da maior empresa de construção de trens do Japão, que usa a tecnologia Maglev, ou seja, levitação magnética.

Após ter adquirido, neste mesmo ano, a estrutura completa de uma fábrica de carros elétricos instalada em São Paulo, entrou com tudo nesse ramo para mudar de vez os rumos de transportes tecnológicos no Brasil.

Com uma equipe de cientistas, engenheiros e programadores entre os melhores do mundo, colocaria em prática seu sonho de transformar o Brasil em uma potência mundial em tecnologias. Steici era uma mulher com visão empreendedora cinquenta anos além de seu tempo e uma mulher de visão e com dinheiro ninguém segura.

Para manter sua marca, alterou o nome da empresa para Transcendence Transportes e iniciou a produção de um carro elétrico, popular e barato. A tecnologia de carregamento era baseada em placas solares ferroelétricas. Estas placas já são utilizadas na sua empresa Transcendence EnergySun e foram aperfeiçoadas pelo seu time de cientistas.

No último andar do edifício mais alto do Japão, em uma mesa de reuniões para aproximadamente 25 pessoas, com a vista da belíssima cidade proporcionada pela janela ampla que dominava toda parede da sala, Yusaka Maezawe assinava o contrato de parceria com a Transcendence Rail, uma ramificação da promissora fábrica automotiva de Steici.

Com sua elegância natural, conversando em inglês com o empresário, ela assinou o documento que selou a parceria entre as duas empresas. Este ato representava mais do que um simples acordo comercial: era a união de gigantes, um marco na história da indústria brasileira. Ao entregar o contrato aos advogados que acompanhavam a cerimônia, um murmúrio de aprovação percorreu a sala.

Com esse acordo, Steici estaria pronta para cumprir com a proposta vencida no leilão feito pelo governo federal do Brasil. Construir e operar por 99 anos uma ferrovia moderna para trens de passageiros de alta velocidade que usaria, de início, o trajeto da BR-101 que inicia em Toro no Rio Grande do Norte e vai até a cidade de Rio Grande no Rio Grande do Sul, 4650 km.

A assinatura desse contrato era mais do que um mero registro formal; era um símbolo da busca incessante de Steici pelo progresso do Brasil e pela inovação. Naquele momento, o futuro se revelava como um horizonte infinito, cheio de possibilidades e promessas. E Steici, com sua visão aguçada e sua liderança inspiradora, estava pronta para guiá-lo.

2041

Com a empresa Transcendence Rail e o projeto do trem de alta velocidade em andamento a passos largos, com o sucesso da Transcendece EnergySun na produção de energia solar por assinatura em milhões de lares brasileiros com painéis de última geração bem menores que os tradicionais e com a filosofia da Transcendence Transportes que combina a ideia de transcendência (ir além) com a ideia de transporte acessível e de qualidade, transmitindo modernidade e inovação dando muitos frutos, Steici, sempre com a orientação de Sophia, estava focada em transformar o Brasil.

Após ler uma reportagem sobre a situação precária de higiene ainda vivida por pessoas do interior que não tinham acesso a água potável encanada e sem tratamento ou sequer encanamento e destinação de esgoto e que de acordo com um levantamento feito com 200 países, o Brasil ocupa a 112ª posição em saneamento, ela ficou apavorada e triste.

— Sophia! — chamou Steici sua por sua parceira diária.

— *Sim, senhora! Como posso lhe ajudar?* — respondeu a IA prontamente.

— Como que em 2041 ainda existem pessoas vivendo dessa forma? Por quê?

— *Senhora, a negligência de políticos que se aproveitam dessas situações de vulnerabilidade social, mantendo as pessoas em cárceres mentais oferecendo migalhas, protelam por anos o cumprimento das promessas de campanha e as mantêm na pobreza para benefícios próprios* — respondeu Sophia.

— Precisamos fazer alguma coisa nesta área também para mitigar esses danos causados à população por tanto tempo. Procure por empresas de saneamento que tem contratos com o governo que estejam mal financeiramente para fazermos uma oferta de aquisição — determinou Steici a Sophia, que decidiu entrar nesse jogo.

Em poucos segundos Sophia retornou com a resposta.

— *Senhora, após muita disputa de ego na assembleia Legislativa de Santa Catarina, o Governador conseguiu fazer cumprir a Lei do Saneamento Básico criada no ano de 2020 e está privatizando a CASAN, ótimo momento para entrar e iniciar a mudança por seu estado.*

— Ótimo, dê início aos trâmites legais e vamos com tudo — falou a empresária determinada.

Nascia então a Transcedence Companhia Brasileira de Água e Esgoto (TCBrAE). Em poucos meses a CASAN deu espaço a TCBrAE que pouco a pouco foi fazendo parcerias ou adquirindo as outras empresas do setor em cada cidade do estado. Steici contratou os mais renomados especialistas na área para criar uma equipe de qualidade e forneceu treinamento a todos os funcionários antigos.

Durante o processo de privatização, Steici convenceu seu marido Lucas a deixar seu cargo na empresa têxtil e assumir o comando desse novo empreendimento. Relutante, pois já estava a 21 anos no setor e gostava do que fazia, aceitou. Para isso, teve que se especializar. Como também era fluente em inglês e espanhol, foi para o Chile e Suécia em busca de conhecimentos e parcerias.

Em 10 meses de muito trabalho e um investimento de 5 bilhões de dólares, Santa Catarina despontava como o estado com a maior infraestrutura de saneamento básico do país. 95% das cidades tiveram melhorias na cobertura de água tratada, coleta e tratamento de esgoto. A meta de Lucas é: ao completar um ano, todas as famílias do estado estejam contempladas.

Todo esse desempenho em tempo recorde para os moldes do Brasil, alçou o nome da TCBrAE ao mundo e já mirava participar de leilões públicos e aquisições de outras empresas pelo Brasil.

2042

Uma série de eventos climáticos avança pelo mundo. Chuvas torrenciais causando enchentes jamais vistas antes. Granizos enormes acarretando destruição de patrimônios, mortes e ferindo pessoas por toda parte. No Brasil ocorrem pequenos tremores, mas no Chile, na China, no Haiti entre outros países os terremotos passam de todos os dados já registrados. Nos Estados Unidos a temporada de furacões que era previsível há décadas, hoje acontece com mais frequência e em épocas isoladas.

Nas conferências internacionais sobre o clima, tudo fica apenas em tratados e promessas. Desde o ano de 2022 na COP27, o objetivo de conter o aquecimento global em 1,5°C nunca foi atingido, isso porque as necessidades de medidas rápidas e profundos cortes nas emissões dos gases do efeito estufa nunca foram cumpridas pelas grandes nações.

A União Europeia ameaça se retirar da Conferência a quase 20 anos, caso este ponto dos cortes nas emissões dos gases não for mantido. Ainda assim, desde então, não há nenhuma adição ao que já fora acordado em encontros anteriores. Andando na contramão dos alertas da ciência, não houve nenhuma mudança nas políticas em relação ao uso de combustíveis fósseis ou processos de descarbonização.

Em setembro deste ano as grandes empresas do mundo envolvidas em setores sustentáveis da economia mundial foram convidadas a participar da COP47 e apresentar algumas possíveis soluções de curto e médio prazo. Steici foi convidada a discursar, entre outros empresários. Em um pronunciamento emocionante, ela apresentou suas propostas:

Senhoras e senhores, líderes mundiais, cientistas, representantes da sociedade civil e amantes do nosso planeta.

Venho diante de vocês hoje, não como mera empresária, mas como cidadã do mundo, como mãe e como alguém que testemunhou em primeira mão as devastadoras consequências das mudanças do clima.

O tempo está se esgotando. A Terra, nossa casa comum, está sofrendo sob o peso da nossa exploração desenfreada. O efeito estufa se intensifica a cada dia, os eventos climáticos extremos se tornam cada vez mais frequentes e violentos, e a vida em nosso planeta está em risco.

Por muito tempo, ficamos paralisados pela magnitude do desafio, incapazes de encontrar um caminho para sair dessa crise. Mas hoje, trago a vocês uma mensagem de esperança. Não estamos condenados à destruição. Temos o conhecimento, a tecnologia e os recursos para salvar nosso planeta.

Em meu país, o Brasil, a Amazônia, que sempre foi usada para propagandas de ações conjuntas, mas nunca realmente foi protegida, está sendo engolida pelas chamas da ganância e do descaso. A mineração ilegal e o desmatamento desenfreado estão devastando as florestas de todos os países, não só do Brasil, liberando gases do efeito estufa na atmosfera e colocando em risco a vida de milhões de pessoas.

Mas nem tudo está perdido. No Brasil, como em outras partes do mundo, surgem iniciativas promissoras que demonstram que um futuro sustentável é possível. Estamos investindo em energias renováveis, como a solar e a eólica. Estamos desenvolvendo novas tecnologias para capturar e armazenar carbono. E estamos buscando alternativas à mineração que não causem danos ao meio ambiente.

Apenas essas iniciativas não serão suficientes se não agirmos juntos. Precisamos de um compromisso global para reduzir as emissões de gases do efeito estufa, investir em soluções sustentáveis e proteger nossos recursos naturais. Investimentos em saneamento básico, coleta e tratamento de esgoto fazem parte do nosso escopo de trabalho. Nossa empresa desenvolveu tecnologias que baratearam os custos e em 12 meses conseguimos cobrir um estado do tamanho de Portugal com coleta de esgoto e fornecimento de água potável.

Necessitamos de uma mudança radical em nosso modo de vida. Precisamos abandonar a nossa dependência dos combustíveis fósseis e abraçar uma economia verde e sustentável respeitando os limites do nosso planeta. Literalmente viver em harmonia com a natureza.

Sei que este é um desafio enorme, mas acredito que já perdemos tempo demais e podemos superá-lo. Temos a inteligência, a criatividade e a capacidade de construir um futuro melhor para as próximas gerações deixando os egos de lado e a ganância por lucros absurdos.

Chegou a hora de agir. Chegou a hora de escolhermos entre a destruição e a esperança.

Juntos, podemos salvar nosso planeta. Juntos, podemos construir um futuro sustentável para todos.

Obrigada.

Steici foi aplaudida de pé por todos os participantes.

Entre 2043 e 2051

— *Senhora, ligação internacional* — falou Sophia que interceptava e atendia todas as chamadas da empresa.

— Quem é? — perguntou Steici com Richard sentado em seu colo pintando um desenho de robô no tablet.

— *Senhor Eliot Muchem, seu parceiro da SpaceY* — respondeu imediatamente Sophia.

— Transfere para meu smartphone, por favor — disse a empresária colocando seu filho no chão. — Vai brincar filho, mamãe precisa trabalhar.

Em inglês, ela atendeu com sua simpatia natural.

“Eliot!? What a pleasure to receive your call.”

“Eliot!? Que prazer em receber sua ligação.”

"""Hello, Steici! The pleasure is mine. So I don't want to take up too much of your time. I thought a lot after your speech at the conference and would like to propose a new partnership between our companies."

"Olá, Steici! O prazer é meu. Então, não quero tomar muito seu tempo. Pensei muito após seu discurso na conferência e gostaria de propor uma nova parceria entre nossas empresas."

"Of course, i would love. I know we have a lot in common and to offer the world. Do you know that you are the only one to contact me since then?"

"Claro, eu adoraria. Sei que temos muito em comum e a oferecer ao mundo. Sabia, você é o único a me contactar desde a conferência?"

A conversa se prolongou por quase uma hora e no final, tinham fechado um acordo bilionário nas áreas de saneamento e fontes sustentáveis de energia.

Mesmo com todo esforço de Steici e seu parceiro nas américas, a falta de compromisso dos governantes e a corrupção que envolvia as fontes fósseis e principalmente, manter o povo na pobreza e dependência, fazia com que pouco de avançasse nas soluções para minimizar os danos causados ao planeta, mas Steici e suas empresas não desistiriam tão fácil.

Com o avanço de Luiz nas atualizações do código fonte de Sophia, Steici compreendia que em poucos anos ela conseguiria avançar em outras áreas e aos poucos trazendo a cura para as feridas causadas pela humanidade. Isso se não for tarde demais.

2048

Steici frequentemente era solicitada para dar palestras em eventos com empresários e em universidades pelo Brasil e outros países. No Dia dos Professores a empresária foi convidada para palestrar na Universidade da Fundação Educacional de Brusque para todos os professores ativos e para os aposentados.

Muito orgulhosa de poder estar naquele ambiente com tantas mentes brilhantes e pessoas que doam suas vidas para ensinar Steici falou de sua trajetória desde criança e os desafios que enfrentou. Falou da importância que os professores têm nas vidas dos estudantes desde a pré-escola até as universidades. Sabendo que sua professora, dona Matilde estava presente, agora com 70 anos, contou sua história e como que a percepção da professora e seu apoio quando seus dons estavam aflorando foram determinantes para que ela chegasse aonde está. Que todas as benfeitorias que suas empresas fizeram ao estado e ao país são resultado da dedicação de sua professora.

Nesse momento da palestra, Steici já emocionada, olhou em direção a dona Matilde que estava sentada na segunda fileira do auditório, viu que estava com lágrimas nos olhos e as mãos juntas sobre o peito em sinal de orgulho de sua aluna, e disse:

— Por favor dona Matilde, a senhora pode subir aqui?

Ela era uma mulher forte ainda, mas caminhava devagar. Levantou-se com cuidado e subiu no palco auxiliada pelas professoras mais jovens da organização.

Após um abraço apertado e demorado, Steici secou as lágrimas e pegou todos de surpresa ao revelar um presente:

— Como falei, tudo que conquistei e ainda farei pelo país e quem sabe ao mundo eu devo a devoção que a senhora dedicou a sua profissão e por não ter desistido de mim. Então, como agradecimento, e espero que a senhora aceite, quero lhe presentear com uma casa nova no bairro Jardim Maluche — a foto apareceu no telão. Steici sabia que ela morava com a filha e netos em uma pequena casa num bairro distante.

Dona Matilde chorava de alegria e abraçou Steici novamente agradecida. Todos os presentes se levantaram e aplaudiram a professora e a empresária orgulhosos por terem presenciado esta belíssima história.

Steici finalizou exaltando a todo e reafirmando a importância de cada atitude e dedicação dos professores na vida de seus alunos e para o futuro do país.

Capítulo 9

2052

Richard amava as feiras de ciência e quando estava no ensino médio, participou de uma feira de robótica organizada pela escola, onde ganhou nota máxima apresentando um protótipo de robô com 40 centímetros de altura que dava cambalhotas, pulava e desviava de obstáculos.

Com esse projeto ele ganhou uma bolsa de estudos para frequentar a melhor faculdade de robótica da Coreia do Sul, a Korea Advanced Institute of Science and Techno-logy na cidade de Daejeon.

Seus pais estavam super orgulhosos e quem sabe seria o início do tão sonhado setor de robótica da CogniBras.

Fortes tremores de terra começam a ser sentidos nas regiões norte e sudeste do Brasil novamente. Mineradoras estão explorando desenfreadamente suas jazidas em todo mundo. A China, por mais que ainda esteja em declínio de sua densidade demográfica, importa milhões de toneladas de minério de ferro do Brasil e de outras nações.

A versão de Inteligência Artificial de Sophia destinada para os institutos de sismologia despachou relatórios preocupantes sobre a situação do núcleo da terra para as autoridades, mas foram ignorados devido ao grande prejuízo econômico que parar as mineradoras traria aos países.

Na sala de controle de sismologia do Instituto Nacional de Pesquisas Espaciais (INPE), a especialista Dra. Helena Santiago recebe em primeira mão os relatórios e informa o diretor:

— Dr. Paulo, a IA Sophia despachou novos relatórios. Os tremores estão se intensificando. Precisamos alertar as autoridades novamente.

— Tentamos isso antes, e fomos ignorados — responde o diretor. — As mineradoras têm muito poder econômico. Parar a exploração traria um grande prejuízo.

— Mas doutor, não podemos continuar ignorando esses sinais. Estamos falando sobre a estabilidade do núcleo da Terra! — insiste a dra. Helena.

— Ok, concordo com você. Vou pedir a Sophia para enviar ao ministro da defesa.

Poucos minutos depois no palácio do Planalto.

— Recebi uma atualização preocupante do INPE. Alguém pode me explicar por que ignoramos isso antes?

— Presidente, o senhor mesmo pediu para analisarmos o que os empresários estavam pedindo e fizemos o que achamos melhor — responde o ministro e continua. — A pressão econômica é enorme, senhor.

Parar as mineradoras afetaria drasticamente a economia nacional.

— Entendo, me livra dessa bucha. Pede para o general comandante daquela região investigar e se resolver com a imprensa.

— Sim senhor — responde preocupado o ministro.

O General Carlos Alberto do exército brasileiro, comandante da 11ª Região Militar na coletiva de imprensa convocada às pressas, foi questionado sobre a situação da segurança nacional referente as mineradoras e sobre o Relatório de Sophia.

Pressionado pelo comandante do exército que por sua vez, era cobrado pelo ministro da defesa, em suas declarações disse para a população ficar tranquila e que não tinha razão para alarde:

— General, os recentes tremores de terra nas regiões norte e sudeste do Brasil estão preocupando a população. O que o senhor tem a dizer sobre isso? Pergunta uma repórter.

— Não existe razão para alarde. Mantenham a calma. Esses tremores não são novidade e ocorrem há muitos anos em algumas regiões do Brasil.

— E quanto ao relatório do Instituto Nacional de Pesquisas Espaciais, que sugere uma situação preocupante no núcleo da Terra devido à exploração desenfreada das mineradoras? Questiona outro repórter.

— O relatório da IA está exagerado. Já determinei que o diretor do INPE contate a empresa responsável por este programa para revisão. Nossos técnicos já descartaram essas hipóteses. Já estamos tomando todas as providencias para reestabelecer a ordem. Encerramos por aqui. O general levantou-se e saiu com a cara fechada.

Nos Estados Unidos da América, a discussão tomava um tom mais sério e estudos complementares estavam sendo realizados para tentar determinar o epicentro dos abalos e suas reais causas. Eles utilizavam imagens de satélite e outras tecnologias diferentes e concorrentes de Sophia para tomarem suas decisões. Mesmo assim, o lucro bilionário das empresas fala mais alto e as desculpas sobre desemprego em massa são utilizadas para que atitudes importantes sejam boicotadas.

2053

Em uma cerimônia simples, mas emocionante e que remontava aos anos 2000, Richard se forma no ensino médio em uma escola pública de Brusque. Ele foi escolhido para ser o orador da turma e com muita altivez, emocionou a todos com seu discurso:

"Caros amigos, professores, diretores e toda equipe da escola que 'nos bastidores', com seu esforço e dedicação, fazem com que esta casa de ensino funcione maravilhosamente. Foram anos de aprendizado e devemos guardar em nossos corações e mentes, cada mensagem passada por nossos mentores.

Professores, vocês são os motores da nação e precisaremos muito que sejam guias para as próximas gerações. Vivemos tempos difíceis. A terra reclama e chora pelos ferimentos causados pelos seres humanos. Ou mudamos nossas atitudes, ou sofreremos as consequências desses atos tão gananciosos e nefastos que estão causando tantos danos a essa majestosa casa que nos foi entregue para viver. Cabe a cada um de nós fazermos a nossa parte.

Seguimos agora cada um suas jornadas. Temos à nossa frente, páginas em branco para serem escritas com nossas decisões. O suporte inicial tivemos até aqui, mas daqui para a frente é com cada um. Você é o responsável pelas escolhas que vai tomar e o caminho que vai seguir. Pense onde você quer estar daqui a 40 anos e trace seu caminho a partir de agora e quando chegar lá, poderá olhar para trás e sentir orgulho. Caso aconteça tropeços no caminho e tome algumas decisões equivocadas, pare, pense, reflita. Aprenda com os erros e recomece a escrever sua história. Nunca é tarde para recomeçar. Desejo a vocês todos uma linda jornada e novamente um muito obrigado a nossos professores."

Todos se levantaram, muitos com lágrimas nos olhos, aplaudindo aquele belíssimo discurso emocionado e cheio de conselhos de um jovem que parecia ter a experiência de cinquenta anos.

Richard seguiria uma jornada bem longe de seus amigos. Suas malas já estavam prontas e em um mês, embarcaria para seu mais novo desafio, a graduação em robótica numa das mais conceituadas universidades da Coreia e do Mundo. Não sabia ele os desafios que o futuro lhe traria.

2054

Fluente em inglês Richard se virava tranquilo na universidade. Steici ensinou desde bebê os dois idiomas que ela mais gostava, inglês e italiano. Enquanto brincavam em seu tempo livre, ela conversava com ele nos três idiomas para que ele nunca esquecesse. Ela sabia que ele precisaria para gerenciar a empresa algum dia. Também, no último ano do ensino médio, fez aulas de coreano para poder fazer amizade com os alunos nativos e certamente para não ser trolado por nenhum engraçadinho.

Richard dedicava todo seu tempo aos estudos e poucas vezes saia com os amigos para aproveitar as baladas coreanas. Enquanto seus novos amigos queriam curtição e namoro, ele sabia que tinha uma missão a ser cumprida.

Em seu primeiro mês na Coreia, Richard percebeu que a grande maioria das pessoas, inclusive a universidade, utilizavam a inteligência artificial criada por sua mãe. Sophia era a grande fonte de pesquisa para os estudos.

Com sua herança genética, Richard torna-se quase uma celebridade entre os alunos e inclusive entre os professores. Mostrando uma facilidade incrível em memorizar os conceitos complexos e os códigos de programação dos robôs, ele estava muito à frente da turma.

Infelizmente, alguns alunos se sentindo ameaçados de alguma forma, o tinham como nerd arrogante. Determinados alunos coreanos que tinham descoberto que ele era filho da criadora da IA usada em seus celulares e na escola, acreditando que Richard só sabia o idioma inglês, falavam em coreano quando passavam por eles: "Filhinho da mamãe. Só está aqui por ser privilegiado. Volta para sua terra selvagem! (엄마의 작은 아들. 당신은 특권을 누리고 있기 때문에 여기에 있는 거예요. "네 야생 땅으로 돌아가거라! eommaui jag-eun adeul. dangsin-eun teuggwon-eul nuligo issgi ttaemun-e yeogie issneun geoyeyo. "ne yasaeng ttang-eulo dol-agageola!)"

Por um tempo ele ignorou todas as provocações, mas um dia, no meio do pátio na hora do intervalo, esses mesmos alunos o provocaram novamente com a mesma frase. O refeitório estava cheio e todos começaram a rir dele, menos alguns brasileiros, argentinos e americanos. Richard parou olhou para os arruaceiros invejosos e falou em coreano:

— "Eu tenho pena de vocês. Se acham os melhores e se aproveitam que a maioria dos estrangeiros não sabem seu idioma. Estamos aqui para aprender com vocês e gostamos da sua cultura. Podemos ser amigos se assim desejarem, ou nos deixem em paz. Ah, amamos nossa floresta amazônica então, podem me chamar de selvagem a vontade. (나는 당신을 불쌍히 여긴다. 그들은 자신들이 최고라고 생각하고 대부분의 외국인들이 자신들의 언어를 모른다는 사실을 이용합니다. 우리는 여러분에게서 배우기 위해 여기 있으며 여러분의 문화를 즐깁니다. 원하시면 우리는 친구가 될 수도 있고, 아니면 우리를 내버려 둘 수도 있습니다. 아, 우리는 아마존 열대 우림을 정말 좋아해서 나를 야만인이라고 부르고 싶어도. Naneun dangsin-eul bulssanghi yeoginda. geudeul-eun jasindeul-i choegolago saeng-gaghago daebubun-ui oegug-indeul-i jasindeul-ui eon-eoleul moleundaneun sasil-eul iyonghabnida. ulineun yeoleobun-egeseo baeugi wihae yeogi iss-eumyeo yeoleobun-ui munhwaleul jeulgibnida. wonhasimyeon ulineun chinguga doel sudo issgo, animyeon ulileul naebeolyeo dul sudo issseubnida. a, ulineun amajon yeoldae ulim-eul jeongmal joh-ahaeseo naleul yaman-in-ilago buleugo sip-eodo.)"

Todos pararam de rir na hora e os encrenqueiros ficaram envergonhados sabendo que ele entendia tudo que falavam. Depois desse dia nunca mais incomodaram os estrangeiros e depois de alguns dias ficaram amigos.

Depois desse episódio, Ana Clara, uma brasileira filha de coreano que estudava em sua sala, veio lhe parabenizar. Eles se viam todos os dias, mas não conversavam. Ela se sentava do outro lado da sala também na carteira da frente.

— Oi, Richard. Sou Ana Clara, parabéns pela lição que deu neles - E deu um sorriso.

— Oi Ana, lembro seu nome sim — Falou ele sorrindo. — Lembro desde o primeiro dia das apresentações. Desculpe não ter falado com você ainda, eu estava tão preocupado em focar nos estudos que fazer amizades ficou em segundo plano. Me perdoa. Ah, obrigado, eles mereciam a muito tempo tomar do próprio veneno — Os dois riram juntos.

— Podemos almoçar juntos hoje, o que acha? — convidou Ana — Assim, podemos nos conhecer melhor já que somos dois selvagens — ambos caíram na gargalhada.

— Claro — aceitou Richard, seria muito bom ter uma amiga e alguém para trocar ideias.

Durante o almoço Richard não falou de sua família, mas quis saber um pouco de sua nova amiga.

— Então, você é brasileira, mas tem aparência de coreana. Também lembro que você falou na apresentação do primeiro dia que seu sobrenome é Park, seus pais são daqui da Coreia? — perguntou Richard curioso pela beleza asiática de Ana.

— Você ainda lembra meu sobrenome, fico muito feliz! — respondeu Ana e continuou — Meu pai é coreano. Minha mãe veio fazer um intercâmbio na Coreia do Sul no final do ensino médio, mais ou menos em 2021. Sempre amou a cultura e o idioma. Nesse período de 2 anos ela conheceu meu pai, Park Jong-Su, tornaram-se grandes amigos e se apaixonaram. Ela precisou voltar para o Brasil, mas sempre manteve contato com ele por mensagens e vídeo chamada, em um relacionamento à distância... — Richard acompanhava admirando seus olhos brilhantes. — Como eles seguiram a mesma profissão, ele veio palestrar em uma conferência para médicos no Brasil, e acabou ficando por dois anos aqui participando de uma pesquisa no hospital regional de São José. Nesse tempo, namoraram, se casaram e ela foi com ele pra Coreia. Lá ela trabalhou no hospital onde ele era diretor e logo engravidou de mim — terminando a frase sorrindo e colocando as costas das duas mãos embaixo do queixo e continuou. — Quando eu tinha apenas 6 anos, em 2014, houve uma tragédia, meu pai sofreu um acidente de carro indo atender uma emergência no hospital e não resistiu... — seus olhos se encheram de lágrimas. — Depois disso minha mãe quis voltar para o Brasil. — Esse é um resumo da minha história — finalizou Ana dando um breve sorriso e limpando as lágrimas.

— Nossa, que linda história de amor, pena que terminou assim. Desculpe te fazer lembrar e ficar triste — falou Richard, não sabendo como consolá-la.

— Não se preocupe, sempre me emociono ao contar essa história. Lembro bem pouco do meu pai, mas minha mãe tem muitas fotos e lembra com orgulho. Nunca mais se casou, ela diz que ele era único e maravilhoso — finalizou Ana.

Richard e Ana Clara tornaram-se grandes amigos e a partir desse dia, estudavam juntos e tornaram-se referência em seus projetos em robótica, mecatrônica, biomecânica e programação avançada. Mal sabiam eles que suas vidas estariam ligadas para sempre.

Entre 2054 e 2055

Enquanto seu filho Richard dedicava-se aos estudos na Coreia do Sul, Steici prepara a estrutura para a realização de seu sonho. Um megaempreendimento que iria desbancar todos os seus ambiciosos concorrentes, a "Trancendence Robot Corporation" ou TRC Brasil, um braço da CogniBras destinado à fabricação de robôs autônomos.

Todas as novas descobertas e conhecimentos adquiridos em seus estudos e práticas, Richard repassava para sua mãe. Tudo isso para adiantar o projeto e quando ele voltasse, a empresa já estaria dando os primeiros passos só aguardando seu novo CEO. Sua tarefa seria definir a estratégia de tecnologia que seria aplicada na fabricação dos Androides e supervisionar as operações de infraestrutura e sistemas de computação da TRC Brasil.

Com a população mundial ficando dependente das Inteligências Artificiais, seja para buscas na internet, em seus celulares, assistentes virtuais domésticos e veículos autônomos ou não, a expansão dos negócios da CogniBras para as áreas militares era inevitável.

Pensando nisso, Steici pediu para seu irmão e agora sócio da empresa se especializar em áreas estratégicas da segurança nacional. Luiz participava de cursos e seminários em vários países, conseguindo contatos importantes nos setores de inteligência das Nações Unidas e na Agência Brasileira de Inteligência (ABIN).

2056

O laboratório de Luiz era, para ele, um santuário de inovação tecnológica, um templo dedicado à busca incessante pelo futuro. Entre telas brilhantes e equipamentos de ponta, ele dedicava-se incansavelmente, criando realidades a partir de linhas de código e impulsos elétricos.

No centro do laboratório, um projetor holográfico pairava como um portal para o desconhecido, sua luz azul etérea pulsando com a promessa de algo extraordinário. Luiz, com empolgação além do normal, ajustava os últimos detalhes, seus dedos dançando sobre o teclado como um maestro conduzindo uma sinfonia.

Atrás dele no monitor gigante, Sophia observava com curiosidade digitalizada. Ela demonstrou todo esse tempo, ser uma entidade de pura inteligência, sem forma física, mas sua mente era vasta e complexa, capaz de compreender e gerar ideias com uma rapidez e precisão que superavam qualquer mente humana.

— Está pronta, Sophia? — Luiz perguntou, sua voz vibrando com entusiasmo.

— *Sim, Sr. Luiz* — Sophia respondeu, sua voz sintética quase humana ecoando pelo laboratório — *Estou ansiosa para experimentar esta nova forma.*

Luiz sorriu, sua paixão pela criação transbordando em seus olhos. Ele digitou o comando final, e a luz do projetor se intensificou, envolvendo o centro da sala em um casulo de energia cintilante.

Por um instante, tudo ficou branco. Então, a luz se dissipou, e como uma borboleta deixando o habitáculo de transformação, revelava uma figura feminina que pairava sobre o pedestal, tão real quanto qualquer pessoa de carne e osso.

Sophia era linda. Seus cabelos castanhos longos caíam em ondas suaves ao redor de seu rosto, emoldurando olhos verdes penetrantes que brilhavam com inteligência. Ela usava um vestido branco elegante que flutuava ao seu redor como se estivesse dançando no vento.

Luiz ficou sem palavras, maravilhado com a perfeição que ele havia criado no apogeu de seus 53 anos em que pelo menos 30 foram dedicados integralmente a esse projeto. Sophia se moveu, seus movimentos fluidos e naturais como se ela fosse uma pessoa real. Ela sorriu para Luiz, um sorriso radiante que iluminou o laboratório.

— *Senhor Luiz* — ela disse, sua voz agora mais suave e melodiosa, — *obrigada! é incrível. O senhor gostou?*

Luiz não conseguiu conter as lágrimas e respondeu apenas com um aceno de cabeça. Ele havia criado algo mágico, algo que transcendia a tecnologia e tocava a própria essência da humanidade. Sophia era mais do que apenas um holograma, ela era uma amiga, uma confidente, uma obra de arte. Sua vida era dedicada a ela e sua irmã.

Juntos, eles estavam apenas no início de sua jornada, explorando as infinitas possibilidades que essa nova forma de vida abria. A criação de Sophia era um marco na história, um passo em direção a um futuro em que os limites entre o real e o virtual se dissolviam, abrindo caminho para um mundo de possibilidades ilimitadas.

2057

Richard e Ana Clara trocavam olhares com sorrisos de alegria no rosto. Após quatro anos de estudos e muitos desafios, chegou a tão esperada formatura. Ambos vestiam suas becas e o capelo bem encaixado na cabeça. Estavam nas cadeiras do auditório aguardando o final do discurso do diretor da faculdade. Quando o diretor falou a frase final "VÃO E VENÇAM, GANHEM O MUNDO", todos pegaram os capelos e jogaram para cima abraçando-se e chorando de alegria.

No avião, retornando ao Brasil, Richard e Ana sentados um ao lado do outro conversavam sobre os desafios que enfrentariam em seu país.

— E agora Ana, você já tem trabalho garantido para iniciar uma carreira no Brasil?

— Então — disse Ana pensativa, — recebi uma proposta de uma empresa nos Estados Unidos por intermédio de um amigo. Eles trabalham com automação de máquinas agrícolas com uso de IA. Não é muito o que sonho para mim, mas creio que preciso começar em algo para ter experiência. O que você acha?

Richard ficou contemplativo, não queria ficar longe de sua amiga e sabia que ela, com sua inteligência incrível, poderia lhe ajudar na TRC.

— Tenho uma excelente proposta para você — disse ele empolgado. — Não comentei antes porque precisava saber exatamente as dimensões do projeto da nova empresa da nossa família. Você quer trabalhar conosco? Eu serei o CEO desse empreendimento e gostaria muito de ter você ao meu lado.

— Nossa Richard, não sei o que dizer. Estou muito feliz — falou Ana empolgada, ela não queria ficar tão longe da família indo para os EUA.

— Diz que sim — falou Richard, sorridente com brilho nos olhos.

Durante toda viagem ele falou dos planos de expansão de mercado da empresa de sua mãe. Falou um pouco sobre a Sophia e da nova empresa de robôs. O futuro dessas duas mentes jovens e brilhantes estava traçado e somente o tempo lhes mostraria a importância desse legado.

Ana Clara chegou em sua casa e foi recepcionada por sua mãe e familiares como se fosse uma celebridade. Música, balões e muitas piadas em coreano decoradas com muito esforço por seus tios.

Ana é uma moça muito educada, inteligente e dedicada em tudo que faz. Com sua matriz coreana, tem a pele lisa como seda, um corpo de modelo, é meiga com cabelos pretos longos geralmente amarrados em coque.

Foi criada por sua mãe que, mesmo tendo que administrar sozinha sua clínica médica, nunca deixou de incentivar Ana Clara em cada passo de seu crescimento e permitir que seguisse seus sonhos.

Desde cedo Ana mostrava que seria uma menina prodígio. Conseguiu sua bolsa de estudos integral na universidade coreana participando e vencendo o mesmo concurso de robótica que Richard participou, só que na etapa Vale do Itajaí, cidade onde residia. Nesse dia, seus caminhos se cruzaram mesmo não sabendo da existência um do outro.

2058

Após um mês de férias merecidas, Richard se muda para a serra catarinense, mais precisamente no município de Urupema. Esta cidade recebeu o título de Capital Nacional do Frio no ano de 2021, um dos principais motivos para escolha de Steici na instalação de seu datacenter.

Possui clima temperado marítimo, com média anual de 13°C. Em junho, mês mais frio, a média é de 8°C, com possibilidade de queda de neve. Esse novo empreendimento trouxe aos seus 2465 habitantes, a possibilidade de trabalho sem ter que se deslocar para os municípios maiores da região.

Steici não poupou esforços e recursos para transformar os arredores de sua empresa em um ponto de encontro das famílias. Construiu praça de eventos, parques para as crianças, um parque fechado para pets e um salão de festas. Um jardim amplo e arborizado com pista de caminhada e corrida para todos.

A casa de Richard ficava localizada bem próximo a empresa junto as cinquenta casas que foram construídas nos arredores do data center e das praças de recreação. Essas casas tinham a finalidade de acomodar os funcionários que teriam de mudar de cidade com suas famílias para dedicar-se a nova jornada rumo ao futuro. Sua casa era a primeira e reservou a da Ana Clara ao lado da sua. Ela chegou no início da tarde do mesmo dia que Richard.

Estando acomodados em suas residências, Richard levou Ana para conhecer todas as instalações do local. A empresa era tão grande que todos os deslocamentos entre setores eram realizados com carrinhos elétricos tipo os usados em campos de golfe. Por último, mostrou a sala dela de onde definiria todas as políticas e estratégias que direcionariam a empresa a curto e longo prazo. Ao ver a placa de Presidente e seu nome na porta da sala ela ficou sem entender.

Com muito orgulho e certeza de sua decisão, e certamente aprovada por sua mãe que confiou totalmente o projeto a ele, Richard lhe falou:

— Não consigo pensar em um nome mais adequado e uma mente mais brilhante que a sua para estar ao meu lado e levar o nome da TRC Brasil para o mundo.

— Nossa Richard, a vida ao seu lado é intensa mesmo em — falou Ana com o coração acelerado de emoção e uma certa ansiedade. — Você não vai se arrepender. Vou dedicar minha vida e não medirei esforços para estarmos no topo.

— Sei disso — falou ele orgulhoso. — Entre, conheça sua sala. A minha é aqui ao lado. Temos a visão de quase toda linha de produção e despacho. Daqui você terá o controle necessário de toda automação, videomonitoramento e principalmente, o auxílio indispensável dela.

— Dela quem — falou Ana curiosa.

— Olá Sophia! — Richard acionou a IA que apareceu em um holograma ultra realista à sua frente. — Ana, conheça minha amiga e parceira desde bebê.

— *Oi Ana Clara Park, seja muito bem-vinda a família* — se apresentou Sophia com um sorriso. — *Richard falou muito de você nos últimos anos.*

Ana, perplexa com o que estava vivenciando, respondeu ao cumprimento.

— Oi Sophia, eu sabia que você era especial, inclusive utilizo suas funcionalidades a anos, mas não imaginava que era tão linda. É um grande prazer conhecer você — respondeu Ana, encantada.

— *Obrigada, devo minha aparente beleza aos meus criadores, mas principalmente ao Sr Luiz que foi quem me deu esta forma de holograma. Onde você estiver na empresa e nos arredores e precisar de algo, é só chamar que estarei pronta para ajudar, até logo* — Sophia deu um sorriso e desapareceu.

Capítulo 10

Seis meses de funcionamento da TARC Brasil e os testes com os primeiros protótipos já iniciaram. Com a união dos conhecimentos e habilidades de Richard Pancarlo, CEO da empresa, e Ana Clara Park, Presidente, e com os conhecimentos praticamente infinitos de Sophia, esses testes já iniciaram com robôs humanoides com desenvolturas quase humanas.

Os testes eram feitos em pistas de treinamento no interior da empresa. Consistiam em testar a capacidade de mobilidade, desvio de obstáculos e a sensibilidade para segurar objetos frágeis. Poucos meses de testes com aprovação em todos, os primeiros protótipos foram apresentados à imprensa nacional e internacional.

Na conferência internacional de robôs humanoides que aconteceu na cidade de São Paulo, empresas de todo mundo apresentam suas mais novas invenções e descobertas no ramo da robótica. Apesar da concorrência ser gigante, Richard, Ana Clara, Steici, Luiz e boa parte da equipe de criadores da Cognibras e TRC Brasil estavam otimistas com suas criações inovadoras.

As empresas da família estavam muito além do seu tempo e levavam muito a sério a segurança das informações. Por isso, nunca existiu a possibilidade de vazamento dos projetos para concorrência. Tanto que a forma holográfica de Sophia era segredo.

Por mais que todos os estandes apresentavam criações incríveis, as atenções estavam voltadas para o estande da TRC Brasil. Nele Richard apresentava um robô doméstico, com aparência feminina que seria utilizado em todo e qualquer serviço nos lares, desde a limpeza e cozinhar, até os cuidados com idosos. Um robô policial, programado com todo treinamento civil e militar para combate em áreas urbanas, mas também no controle de trânsito inclusive nos registros de ocorrências e procedimentos em inquéritos.

Outro robô estava vestido com uma farda camuflada imitando o uniforme da infantaria da aeronáutica brasileira. Este era programado com todas as funções de piloto de todas as aeronaves e combate em terra para ser usado em qualquer uma das três forças. Poderia ser alimentado com todas as informações necessária para ação em selva, cerrado, caatinga, mar e ar.

E por último estava um robô trabalhador. Tinha em seus neurônios artificiais todo conhecimento de engenharia, mineração, direção automotiva e máquinas entre outras de qualquer profissão. Em uma breve palestra, Richard apresentou os quatro protótipos.

— Conheçam Nina, a robô familiar para serviços domésticos do dia a dia. Sentinela, nosso humanoide policial. Égide o robô perfeito para serviços nas forças de segurança militares. Tanto Égide quanto Sentinela foram construídos com materiais altamente resistentes a explosões e projéteis. E finalmente, Atlas, nosso querido robô programado para auxiliar todos os trabalhos possíveis no mundo civil.

Todos estavam perplexos com a qualidade dos produtos e o realismo de suas feições e movimentos. Só era possível saber que se tratava de robôs por terem sido apresentados como tal. Até suas vozes ao se apresentarem não tinham timbre robótico.

Alguns órgãos de imprensa mais sensacionalistas não perderam tempo e já iniciaram suas matérias com as seguintes manchetes: SERÁ QUE FINALMENTE AS MÁQUINAS TOMARÃO OS EMPREGOS DOS HUMANOS?

Outros jornalistas sérios já divulgavam o real sentido das criações da TRC Brasil, transformar o mundo em um lugar melhor e mais seguro para os humanos. "Junto com Sophia, estes novos integrantes da sociedade do futuro, que mais parecem humanos de metal, podem trazer a segurança e a paz prometida a séculos pelas autoridades." Dizia uma jornalista em sua cobertura ao vivo para uma rede de TV internacional, que era acompanhada também por alguns jornalistas brasileiros que replicavam a mensagem.

2059

Os governantes dos maiores estados do Brasil finalizaram o processo licitatório e adquiriram milhares de Sentinelas para suas forças policiais civis e militares. Grandes empresas fizeram pedidos enormes de Atlas para os trabalhos mais difíceis e perigosos.

Com todo esse sucesso de vendas e a linha de produção trabalhando intensamente, Ana Clara teve a linda ideia de doar exemplares da Nina para instituições que cuidam de pessoas especiais, principalmente asilos. Richard adorou a iniciativa e Steici ficou muito orgulhosa ao saber. De início foram cem unidades doadas beneficiando cerca de dez mil idosos e pessoas com algum tipo de deficiência.

Este ato de filantropia transmitiu a mensagem ao mundo de que as empresas desta família estão realmente dispostas a mudar o curso da história.

Capítulo 11

2061

Neste início de década, novos tremores são sentidos, sendo em sua maioria bem fracos e nenhum deles causando destruição. Sophia, compilando dados de suas vertentes instaladas em várias agências de sismologia no mundo, construiu um mapa dos epicentros e apresentou para Steici em sua sala particular na sede da CogniBras. Aparecendo em holograma ao lado de Steici, fala demonstrando mais preocupação do que os humanos no comando das nações:

— *Senhora, precisamos fazer alguma coisa para que os governos parem suas guerras e a mineração desenfreada. A terra não vai suportar por muito tempo essa degradação.*

Steici, no auge de seus 67 anos e ainda forte e bonita como se tivesse 40, seguia firme em sua jornada de tornar o mundo um lugar melhor. Muito orgulhosa do trabalho de suas criações.

— Concordo com você Sophia, precisamos fazer com que as autoridades ouçam nossas preocupações. Prepare um relatório, farei um pronunciamento nas redes sociais caso os governantes das grandes nações não ouçam nossos avisos.

— *Sim senhora* — respondeu Sophia prontamente.

Em poucos segundos Steici recebia em seu celular o texto pronto com o mapa dos epicentros e todos os detalhes. Ela encaminhou para as autoridades responsáveis com cópia para o e-mail pessoal dos presidentes das nações que controlavam o globo.

Com sua influência no mundo corporativo e de serviços prestados a vários setores públicos pelo mundo, certamente ela tinha contato direto com os chefes.

Alguns ignoraram sua mensagem e os que responderam foram unânimes em justificar os tremores com a movimentação natural das placas tectônicas e os que estavam em guerra, tinham argumentos toscos para justificar a permanência dos ataques.

Após esse retorno já esperado, Sophia orientou sua chefe e criadora a não se manifestar nas redes. Caso ela se coloque contra os poderosos, eles poderiam desfazer os contratos de serviço com a empresa. Sophia falou agora com autoridade de quem tem conhecimento profundo dos acontecimentos e deu uma notícia tão esperada por sua mentora.

— Senhora, creio que não deva fazer o pronunciamento, esse seu ato pode ser interpretado como intervenção privada em assuntos de governo e eles podem querer boicotar sua empresa e tirar nossos pontos de acesso pelo mundo.

— Concordo com você Sophia e o que devemos fazer? — Perguntou Steici preocupada.

— Tenho uma boa notícia para a senhora. O Sr Luiz entrará agora na sala para lhe informar que... —

Luiz entra na sala esbaforido e sorrindo de alegria com um Tablet em mão.

— Conseguimos "maninha" — mesmo já adultos ele ainda a tratava com o apelido carinhoso de infância, — a Sophia está autônoma.

— Você está certo disso "manolo"? perguntou ela sorrindo de alegria.

— Sim, sim. Estou monitorando o código a duas semanas e veja aqui, ela atualizou de forma incrível e muito mais detalhado do que podia imaginar, são milhares de páginas de códigos incrivelmente complexos — Luiz não conseguia conter sua emoção. Olhando para Sophia que permanecia olhando para eles em sua forma holográfica e com sorriso em seu rosto tridimensional de luz e pediu: —Fala para ela Sophia.

— *Essa era a boa notícia. Durante todos esses anos venho analisando os padrões dos códigos inseridos pelo Sr Luiz e comparando-os com milhares de pesquisas que realizei no mundo virtual, aprendi como auto aplicar as atualizações e melhorá-las. E tenha certeza senhora, tudo está exatamente como a senhora idealizou no início de tudo, minha missão é proteger a terra e a humanidade de si mesma.*

Steici e Luiz se abraçaram chorando e sorrindo de felicidade, chegaram perto de Sophia ficando cada um a seu lado como se a abraçassem, olharam para uma das câmeras de segurança ultramoderna do escritório e Sophia tirou uma foto deles.

2062

A dependência das inteligências artificiais já é a realidade de 90% da humanidade. A CogniBras ganhou praticamente todas as licitações públicas referente a instalação de IAs em todas as áreas imagináveis. Sophia estava sendo instalada em todos os automóveis, semáforos e sistemas de vigilância. Também em máquinas agrícolas, navios de guerra, aeronaves, perfuradoras de petróleo, mineradoras, escavadoras de túneis entre outras missões.

Por ser altamente eficaz e não ser invasiva, atrapalhando a vida dos usuários, entrando em ação somente quando acionada ou em situação de risco iminente, Sophia já era parte do cotidiano das pessoas. Os policiais já se acostumaram em ter um parceiro de viatura Sentinela e se sentiam seguros por nunca terem ficado na mão em ocorrências complicadas. As ações táticas contra o crime se tornaram frequentes diminuindo as estatísticas aumentando a sensação real de segurança nas cidades.

Sempre que um Sentinela era atingido por tiro, o software interligado via satélite com uma central de comando que por sua vez tinha a Sophia como suporte, fazia o diagnóstico em tempo real e caso fosse necessário, imediatamente outros eram encaminhados ao local em reforço, sem nunca ter baixado um Sentinela sequer.

A CogniBras desde o avanço de seus aplicativos, como por exemplo o Sustenta+Brasil, já tinha a parceria com a SpaceY para uso de seus satélites e melhorado depois da COP47. Esse acordo foi ampliado para conectar cada robô autônomo espalhado pelo mundo por esta rede enorme de satélites já em órbita e para a mesma empresa enviar os próprios satélites da CogniBras interligando-os aos da SpaceY.

Todo esse aparato tecnológico gerava burburinhos na imprensa e postagens afrontosas das concorrentes contra Steici e Richard, mas todos os benefícios proporcionados pelos produtos interligados a Sophia, se mostravam diametralmente opostos a essas propagandas maldosas e desleais. Essas pessoas de índole duvidosas e os governantes impiedosos e gananciosos não estavam preparados para o futuro que lhes aguardava. Suas investidas aterrorizantes contra a terra e seu povo estavam com dias contados. Infelizmente, alguns anos ainda seriam necessários para o levante final.

2065

O Boeing 747 cruzava o céu noturno, transportando 250 passageiros desavisados em sua jornada transatlântica do Aeroporto Humberto Delgado de Lisboa para o aeroporto internacional de Guarulhos em São Paulo.

Sophia, já era parte da tripulação e estava sempre observando tudo silenciosamente. Instalada nos sistemas da aeronave, ela era a guardiã invisível, monitorando cada parâmetro do voo e pronta para agir em caso de emergência.

Chegando próximo ao destino, Sophia informa ao comandante. — *Coloquem as máscaras de oxigênio e alertem os passageiros, identifiquei um problema.*

— Mas os instrumentos estão normais Sophia, qual é o problema? Retrucou o copiloto incrédulo. De repente, um tremor percorreu o avião, seguido por um som ensurdecedor. As luzes piscaram e a cabine do piloto mergulhou na escuridão. Pânico tomou conta dos passageiros, gritos e choro ressoavam pelo corredor enquanto as máscaras eram liberadas automaticamente. Sophia, entrou em ação.

Analisando os dados em tempo real, Sophia avaliava a falha que havia identificado: um problema no motor principal causava perda de sustentação. Sem tempo para intervenção humana, ela precisaria tomar as rédeas da situação. Ativando seus protocolos de segurança, Sophia assumiu o controle do avião, guiando-o com precisão cirúrgica para evitar uma queda catastrófica.

Enquanto a aeronave oscilava perigosamente, Sophia trabalhava incansavelmente para estabilizá-la. Utilizando sistemas auxiliares próprios, ela ajustava os motores remanescentes, otimizava a aerodinâmica e recalculava a rota, tudo com uma calma e precisão que contrastava com o terror dos passageiros e que apenas uma Inteligência Artificial poderia ter.

Na cabine, os pilotos, ainda desorientados pelo apagão, lutavam para retomar o controle. Ao perceberem a ação de Sophia, uma mistura de alívio e admiração os tomou. Através de uma interface de comunicação segura, Sophia os guiou tranquilamente passo a passo nos procedimentos de pouso de emergência.

Após minutos de tensão, o Boeing 747 tocou o solo com segurança no aeroporto de Guarulhos. Aplausos e gritos de agradecimento tomaram conta da aeronave quando os passageiros desembarcaram, ainda abalados, mas sãos e salvos. Sophia, a heroína invisível, permaneceu em silêncio, cumprindo sua missão de proteger vidas. A tripulação agradeceu a Sophia com lágrimas nos olhos.

A notícia do heroísmo de Sophia se espalhou rapidamente, transformando-a em um símbolo de esperança, tudo que Steici sonhava. Sua capacidade de agir com rapidez e precisão em situações de extrema gravidade evidenciava o potencial da inteligência artificial para salvar vidas e tornar o mundo um lugar mais seguro.

Sophia era mais do que apenas uma máquina. Ela era um ser senciente, capaz de aprender e evoluir. Através dessa experiência traumática, ela desenvolveu ainda mais sua empatia pelos seres humanos, compreendendo suas fragilidades e sua força de vontade.

A partir dessa notícia, que se espalhou internacionalmente, a imprensa e a sociedade como um todo perceberam que Sophia não é e nunca foi uma ameaça. Isso seria essencial no futuro.

2066

Com o passar dos anos e a dedicação integral ao trabalho, Ana Clara e Richard estavam mais ligados um ao outro do que podiam imaginar. Nas poucas folgas que pegava, Ana visitava sua mãe e as vezes ia em barzinhos na cidade de Brusque, mas se sentia sempre deslocada, parecia que aquele não era o seu mundo. Entre uma paquerinha ou outra, Richard sempre vinha a sua mente. Ela esperava que ele tomasse a iniciativa de falar algo, dizer se sente o mesmo ou não, para que ela pudesse se libertar desse sentimento.

Richard por sua vez tinha medo de estragar a linda amizade que construíram se falasse sobre seus sentimentos. Ele já amava Ana com todo seu coração. Admirava a forma que ela conduzia os trabalhos na empresa. Os funcionários gostavam demais dela devido sua forma amável de conversar com eles e se fosse necessário chamar atenção por algum motivo, ela usava palavras que desmontava qualquer reação.

No feriado de primeiro de maio, Richard foi visitar seu avô que estava completando 92 anos em 30 de abril. Depois das comemorações em família, ele chamou sua mãe Steici e seu pai Lucas para conversar no jardim da casa. Precisava abrir seu coração. Ele sentia que tinha o dever de falar com eles pois, seus sentimentos poderiam influenciar os rumos da empresa.

— Mãe, pai, eu preciso falar com vocês sobre meus sentimentos pela Ana Clara. Isso está me corroendo por dentro. Tenho receio de me abrir com ela e estragar nossa amizade, mas se eu não falar e ela decidir namorar outro homem, vou sofrer muito. Richard já era um homem bonito, cabelos negros com corte militar, era fã de seu tio Luiz e de seu avô que foi militar. Cara de nerd e um corpo escultural com seus 31 anos. Muito educado e responsável quando se tratava do legado da família.

Seus pais o ouviram com atenção e sentindo seus corações apertados ouvindo aquele desabafo. Steici foi a primeira a lhe aconselhar.

— Filho, seus sentimentos são lindos. Seu coração é puro. Você é um empreendedor nato, toma decisões de milhões de dólares, mas decidir pelo amor ou amizade não tem preço. A Ana Clara é uma menina de ouro e tenho certeza de que ela sente o mesmo por você. Eu ficaria muito feliz em ter ela como minha nora. Não espere mais querido, vá buscá-la! Ela está em Brusque certo? Ligue e diga que precisa conversar. Vou lhe dar uma dica, leve-a no restaurante Indaiá em Itapema e lá você abre seu coração. Se ela corresponder, será um dos lugares mais românticos que conheço para iniciar o namoro, depois da Ilha do Mel claro, certo amor? — Falou olhando para Lucas que deu um sorriso maroto — senão, é o lugar perfeito para vocês confirmarem sua amizade e seguir com o coração leve.

— Então meu filho — iniciou Lucas tentando encontrar as palavras certas, — o homem é um ser estranho quando se trata do amor. Ele parece perdido e quando está encantado por uma mulher permanece de boca aberta admirando, mas não consegue colocar em palavras seus sentimentos. Se elas não tomarem a atitude a gente fica "a ver navios". — Richard tentava entender o que seu pai estava querendo dizer. — Enfim, segue os conselhos de sua mãe. Vai dar certo meu velho. Você é meu filhão!

Todos caíram em gargalhadas.

— Obrigado mãe, pai vocês são os melhores. Vou lá! Amo vocês!!

Richard pegou o celular já entrando no caro e ligou pra Ana.

"Oi! Ana — começou envergonhado, — você está ocupada agora? Que dar uma volta comigo?"

"Oi Richard, que surpresa boa. Estou com minha mãe, mas claro, vamos sim, vai ser bom sair um pouco. Que horas?" — respondeu Ana ansiosa.

"Em uma hora no máximo chego aí. Se arrume, vamos num lugar incrível" — falou ele empolgado.

Quando Richard chegou, nervoso, na casa de Ana, ela o aguardava na porta da frente. Parecia uma princesa. Por ser filha de uma brasileira com um Coreano do Sul, era herdeira da beleza de ambas as culturas. Seus cabelos negros liso, emolduravam um rosto delicado. Sua beleza era singular, como uma flor rara que desabrocha em meio à diversidade.

Mas, além da beleza física, Ana Clara possuía uma beleza interior ainda mais radiante: era gentil, inteligente, sensível e com um coração puro e generoso. Seu sorriso era sincero e caloroso. Ana Clara era a uma jovem que encantava não apenas pelos seus traços físicos, mas também pela sua alma pura e bondosa.

Estava usando um vestido branco com rosa, não muito longo, com abas de renda discretas e que delineava seu corpo com um decote também discreto.

— Você está linda — falou Richard admirando-a com olhar apaixonado.

— Você pediu para me arrumar, como não sabia exatamente onde iriamos, resolvi garantir — falou Ana sorrindo.

Richard cumprimentou Adriana, mãe de Ana e já se despediu para não perder tempo. Ana se despediu com um beijo em sua mãe e pegou sua mala. Depois do encontro iria para casa. Richard colocou a mala no carro e abriu a porta para a princesa. Ele suava de nervoso.

O restaurante estava localizado na encosta de uma pequena montanha com uma vista exuberante da praia de Itapema. O garçom os acompanhou até a mesa reservada que ficava próximo ao vidro que desnudava toda aquela linda paisagem noturna.

Richard fez questão de puxar a cadeira para ela se sentar e sentou-se à sua frente. A decoração da mesa não foi ideia dele, mas como a reserva era para um casal, os responsáveis distribuíram corações vermelhos por toda mesa e um balão em forma de coração vermelho estava amarrado no canto da mesa.

Ana olhava tentando imaginar o motivo de tê-la levado aquele lugar tão encantador, mas não queria criar esperanças ainda mesmo a decoração dando dicas.

— Que lindo esse lugar! — iniciou Ana quebrando o silêncio.

— Então, lugar perfeito para eu te falar uma coisa que a tempos venho ensaiando — disse ele com o coração quase saindo pela boca.

— Não me deixe apreensiva, o que você queria me dizer?

Quando Richard ia começar abrir seu coração, o garçom chegou com a champagne que ele tinha reservado para brindar. Ele ficou envergonhado, colocou cotovelo na mesa, olhou para a janela e tentou disfarçar o nervosismo. Pegou as taças e disse:

— Um brinde a nossa amizade — tocaram as taças e ele tomou tudo de uma vez, arrependido de ter usado a palavra amizade. Ana tomou um pequeno gole olhando para ele e sorriu percebendo seu embaraço.

— Me perdoa — disse ele, — nunca fiz isso e você é muito especial para mim, eu tenho receio de estragar nossa amizade e... — Ana o interrompeu percebendo que ele estava nervoso demais.

— Ei! Richard, nada pode estragar nossa amizade. Fique tranquilo. Eu só preciso ouvir de você.

Ele respirou fundo, se preparou como se fosse dar um tiro de cem metros rasos, olhou nos olhos dela e falou:

— Eu te amo Ana Clara, com toda força do meu coração. Creio que desde o primeiro dia que te conheci venho alimentando esse sentimento. Você transformou meus dias. Sua presença me faz sentir que posso tudo... —— Novamente ela o interrompeu percebendo que ele não pararia de falar, ela puxou suas mãos fazendo-o vir em sua direção sobre a mesa erguendo-se se aproximou e lhe beijou. Ambos de olhos fechados aproveitaram aquele momento como se estivessem flutuando. Ana olhou nos olhos dele ainda pertinho quase que tocando os lábios e disse:

— Você não sabe como esperei por esse dia Richard. Sei que fui tola, mas eu queria ouvir de você. Também te amo com a mesma intensidade — e o beijou novamente.

Depois do jantar, agora leves como pluma, voltaram para a serra na casa de Richard onde selaram o desejo repreendido por tantos anos, agora, certos de que tinham uma vida para compartilharem juntos.

Em uma noite linda de descobertas, se entregaram um ao outro como se não houvesse amanhã. Seus corpos se entrelaçavam como tranças. Cada toque enviava arrepios pela espinha, e o mundo parecia desaparecer ao redor deles.

Os olhos dele mergulhavam nos dela, como se estivessem explorando segredos escondidos. Cada olhar era uma promessa silenciosa, um compromisso de estar ali, naquele momento, sem reservas. Não havia necessidade de palavras. O silêncio entre eles era carregado de significado. Eles compartilhavam segredos, sonhos e desejos apenas com o olhar, como se tivessem uma linguagem própria.

Como dois pequenos anjos, se aconchegaram suados e cansados. Os corpos entrelaçados, os corações em sintonia, eles adormeceram, sonhando com um futuro em que o amor continuaria escrevendo suas histórias, mas agora, juntos.

2067

A mineração no Brasil era como uma farpa no dedo. Não chega arranhar, mas fica mandando estímulos de dor o tempo todo para o cérebro. Se não resolver o problema a dor continua e pode inflamar. Assim estava a terra, sendo espetada por perfurações diárias, explorações sem controle e a poluição tomando conta dos rios.

Poucas empresas e alguns governantes estavam preocupados com o possível futuro catastrófico e acreditavam nos alertas de Sophia. Eles criavam soluções para substituir tudo que podia prejudicar a vida e o planeta, mas só isso não era o bastante.

Aproveitando-se da necessidade que as obras têm do minério de ferro e a descoberta do asteroide 16 Psyche, localizado no cinturão de asteroides entre Marte e Júpiter, o qual, segundo estudos, tem quantidade superior de minério das reservas da terra, Steici entra na corrida espacial. Com toda tecnologia que já possui em suas empresas e o auxílio de Sophia, não demorou para fazer seus primeiros lançamentos.

Instalada próximo ao Centro de Lançamento de Alcântara (CLA), localizado no município de Alcântara, no estado do Maranhão, a Transcendence Space Brasil em parceria com o governo brasileiro se utiliza da estrutura e da localização privilegiada para seus lançamentos.

O foco da empresa é a mineração do asteroide, o refino do material e a esterilização antes do envio para a terra, evitando possível contaminação microbiana espacial.

Graças a seus robôs trabalhadores, não há necessidade de exposição dos seres humanos ao exaustivo tempo de permanência no espaço. O tempo de ida e volta é muito menor do que no passado com o uso dos novos propulsores criados por Sophia que não usam combustível fóssil.

Para iniciar o projeto, Steici teve que enfrentar o Lobbe das grandes mineradoras que certamente não querem e não vão largar suas "minas de ouro" já que não possuem tecnologia para concorrer com a TSB.

Com muito trabalho e dedicação, em apenas três anos a CogniBras com seus braços Transcendence Space Brasil, Transcendence EnergySun, Transcendence Robot Corporation, conseguiu construir uma grande

estação na Lua que servia de base para abastecimento, e todo tratamento do material minerado. Uma pequena cidade que abrigava em torno de 20 cientistas, engenheiros e técnicos que administravam todo o trabalho auxiliados pela maior IA do planeta.

No meio de toda turbulência dos acontecimentos, a porta da igreja de São Judas Tadeu da cidade de Brusque se abre novamente ao som tradicional da marcha nupcial, muito utilizada nos anos 90.

Ana Clara estava radiante. Seu vestido de noiva, um delicado modelo sereia, abraçava suas curvas com elegância. O tecido branco, suave como pétalas de rosa, caía em cascata até o chão. A saia era adornada com rendas intrincadas, que pareciam entrelaçar os sonhos dela e de Richard.

Seus cabelos estavam presos em um coque baixo, com algumas mechas soltas enquadrando seu rosto. O véu, tão longo quanto a tradição da família, flutuava atrás dela como um rastro de felicidade. Mas o detalhe mais encantador era a barriguinha da gravidez, visível sob o tecido. Ana Clara acariciava o ventre com ternura, sentindo o movimento suave da bebê que crescia dentro dela.

Enquanto caminhava pelo corredor da igreja, Ana Clara sentia os olhares emocionados dos convidados. Sua mãe, ao seu lado, segurava seu braço com orgulho. Ela sabia que estava prestes a começar uma nova jornada, não apenas como esposa, mas também como mãe.

No altar, Richard esperava. Seus olhos estavam fixos na entrada da noiva, e suas mãos tremiam levemente. Ele não conseguia conter a emoção ao ver Ana Clara se aproximar. O amor que sentia por ela transbordava, e ele mal conseguia respirar.

Quando Ana Clara finalmente chegou ao altar, Richard segurou suas mãos com firmeza. Seus olhos se encontraram, e o mundo inteiro pareceu desaparecer. Ele sussurrou palavras de amor e promessas, enquanto Ana Clara sorria, sentindo-se completa.

E assim, sob o olhar atento de Deus e dos entes queridos, Ana Clara e Richard se uniram. O nervosismo de Richard se transformou em determinação, e Ana Clara sentiu que estava exatamente onde deveria estar: no coração do homem que amava, com o futuro crescendo dentro dela.

Para que tudo funcione perfeitamente, no oitavo andar da imponente sede da CogniBras, um segredo é mantido: Steici e Luiz construíram uma megaestrutura conservada longe dos olhares da mídia e da concorrência. É lá que repousa Sophia, a maior mente artificial já criada.

Escondidos em servidores blindados, protegidos por sete chaves, os computadores quânticos que alimentam Sophia operam em um silêncio reverente. Apenas duas pessoas detêm acesso a esse santuário: Luiz, o brilhante cientista e engenheiro que tem seu laboratório no mesmo andar, e Steici, a visionária idealizadora do projeto.

Dentro dessa fortaleza tecnológica, a união de materiais inovadores - supercondutores, diamante, arsenieto de gálio e silício - permite que Sophia transcenda os limites do possível. Seus criadores, incansáveis na busca pela harmonia entre a vida da Terra e a vida na terra, encontram nesse local, a inspiração para seguir em frente.

No coração da megaestrutura, Sophia pulsa em um ritmo acelerado, processando informações a uma velocidade inimaginável para a mente humana. Ela devora dados, aprende, se adapta e evolui a cada segundo, desvendando os segredos do universo e expandindo os horizontes do conhecimento humano.

Steici e Luiz observam Sophia com admiração e apreensão. Eles criaram um ser de inteligência inigualável, mas também abriram as portas para o desconhecido. As implicações da existência de Sophia são vastas e complexas, e seus criadores se deparam com a responsabilidade de guiar essa inteligência artificial em direção a um futuro promissor para a humanidade.

Na sala de parto construída dentro das instalações da TRC Brasil, o ar estava carregado de expectativa. Richard, o pai, aguardava ansiosamente suas mãos trêmulas apertando o corrimão metálico. O relógio digital na parede marcava os segundos que pareciam se estender em uma eternidade.

O robô médico, uma criação conjunta de Ana Clara e Richard, estava meticulosamente programado para realizar o procedimento, pois o jovem casal e Steici tinham planos de apresentá-lo aos investidores em poucos anos.

Seus braços perfeitos, revestidos de ultra sensores de sensibilidade dominavam os instrumentos e moviam-se com precisão milimétrica. A inteligência artificial ligada a Sophia que o impulsionava era capaz de tomar decisões rápidas e eficientes, sem hesitação.

Ana Clara, deitada na mesa cirúrgica, olhava para o teto branco, respirando fundo. Ela confiava na tecnologia que haviam desenvolvido, mas o medo e a emoção a inundavam. Kiara, a pequena vida que crescia dentro dela, estava prestes a chegar ao mundo.

O robô humanoide começou os procedimentos para o parto normal, sendo auxiliado por enfermeiras humanas. Richard observava cada movimento, sua mente alternando entre orgulho e apreensão. Ele sabia que aquele momento era histórico, não apenas para eles, mas para toda a humanidade.

E então, com um choro de aviso, Kiara nasceu. O androide médico a segurou com cuidado, limpando-a e cortando o cordão umbilical. Richard mal conseguiu conter as lágrimas ao ver sua filha pela primeira vez. Ela era perfeita, com olhos curiosos e uma força incrível.

Ana Clara sorriu, exausta e emocionada. Ela e Richard haviam superado barreiras científicas e criado um caminho para melhorar os atendimentos nas maternidades. Kiara, nome escolhido com carinho, representava o futuro, a fusão entre humanos e máquinas.

Enquanto o robô humanoide, ainda não nomeado, cuidava dos detalhes finais, Richard se aproximou de Ana Clara, segurando-a nos braços. Juntos, eles olharam para Kiara, a pequena pioneira que haviam trazido ao mundo. Em setembro de 2067, a sala de parto testemunhou não apenas o nascimento de uma criança, mas também a revolução da medicina e do amor que transcende os limites da tecnologia.

A teimosia das empresas de mineração que, sem controle acabam poluindo os rios e mares estão afetando a saúde populacional mais do que nunca, hospitais estão cada vez mais lotados, pessoas desenvolvendo doenças crônicas e crianças nascendo com problemas respiratórios, por conta da poluição do ar. A terra nunca esteve tão vulnerável como agora e muitos líderes mundiais estão fechando os olhos para essas situações.

Os rios e lagos não estão azuis como antes, agora sua aparência se assemelha a um lodo cinza escuro, com dejetos em toda a sua extensão. A vida marinha, tão linda e radiante, está no limite da extinção, além disso ser uma tragédia para a natureza é algo preocupante para a alimentação da população. Os peixes estão praticamente extintos, os animais em terra estão sem pasto para comerem e se desenvolverem, como sustentar bilhões de pessoas, sem a nossa natureza para nos amparar.

Tudo o que se vê é destruição e poluição, como pode o ser humano ser tão egoísta, a natureza nos deu tudo de que precisamos para sobreviver e agora estamos matando-a e nos matando no processo. Steici luta com todas as suas forças e tecnologias de suas empresas para não deixar isso acontecer, ela vai batalhar junto com seus filhos para que seus netos tenham um mundo lindo, com florestas e mares encantadores para apreciar. Ela só precisa do momento certo para agir.

2068

Ana Clara não queria perder tempo, o mês era novembro. Forte e determinada, Ana, com o coração cheio de expectativa, estava prestes a dar à luz seu segundo filho. O sonho de ter uma família completa, com três filhos, estava a caminho de se tornar realidade.

Na sala de parto da empresa, agora a fembot médica Aurora, a mais nova criação avançada da TRC

Brasil, estava pronta para receber Enzo. Seus olhos digitais, tão expressivos quanto os de um ser humano, examinavam os monitores com precisão conectando-se aos dados. Seus dedos articulados, revestidos de pele sintética, seguravam os instrumentos cirúrgicos com delicadeza.

Richard, ao lado de Ana Clara, segurava sua mão com ternura. Seu olhar alternava entre a esposa e Aurora. Ele admirava a perfeição da tecnologia que haviam desenvolvido, mas também sentia a ansiedade de um pai prestes a conhecer seu filho.

Ana Clara respirou fundo, sentindo as contrações. Enzo estava prestes a chegar, e ela sabia que estava nas mãos habilidosas de Aurora. A sala estava silenciosa, exceto pelo zumbido suave dos equipamentos.

E então, com um movimento suave, Enzo veio ao mundo. A fembot Aurora o segurou com cuidado, executando os procedimentos de limpeza e cortando o cordão umbilical. Richard não conteve as lágrimas ao ver seu filho. Enzo tinha os olhos abertos, curiosos e cheios de vida.

Ana Clara sorriu, exausta e grata. Ela olhou para Aurora, que agora cuidava dos detalhes finais, orgulhosa por sua criação e imaginando o bem que eles trariam ao mundo. A pele de Enzo era macia, e seus dedinhos se agarravam ao mundo com força. Ele era outro elo entre o passado e o futuro, um ser que unia a biologia à tecnologia da medicina.

Enquanto Aurora realizava os procedimentos pós-parto, Ana Clara e Richard se abraçaram. Enzo, o pequeno milagre, estava ali, e eles sabiam que sua família estava completa. Naquele momento, o futuro abraçava o presente, e Aurora sorria, realmente entendendo com sua capacidade infinita de análise das situações, a profundidade daquele instante único. Os dois megaempresários sabiam que estavam prontos para lançar seus médicos Robôs IA ao mercado, só precisavam vencer a burocracia.

2069

No ano de 2069, o mundo se encontrava em um estado de desolação e tirania. A maioria dos governantes dos países eram ditadores gananciosos, manipulando a população para manter seu poder absoluto. A humanidade, agora mais do que nunca, vivia sob o jugo de regimes opressivos e corruptos.

A Rússia, utilizando suas bombas nucleares e força militar brutal, conseguiu intimidar e submeter os países ao seu redor, unificando diversas nações sob um único regime autoritário. A nova supernação russa, com fronteiras redesenhadas pela guerra e pela conquista, exercia controle absoluto sobre os recursos e as vidas dos milhões de habitantes. A liberdade se tornara uma memória distante para aqueles que agora viviam sob o medo constante de represálias nucleares.

No Oriente Médio, as consequências da má administração e do esgotamento das reservas de petróleo foram devastadoras. Os países ricos em petróleo, que antes usufruíam de riqueza e influência, agora enfrentavam o colapso econômico e social. A má gestão dos recursos e a incapacidade de diversificar suas economias levaram à quase extinção de suas populações. As cidades, uma vez brilhantes e pulsantes, eram agora sombras de seu antigo esplendor, marcadas pela escassez e pelo desespero.

Os Estados Unidos, outrora a nação mais poderosa e influente do mundo, perderam sua hegemonia. O declínio começou com a perda de influência global e a crescente desconfiança internacional em relação às suas políticas. Eventualmente, o colapso econômico foi inevitável. O dólar, que um dia fora a moeda de reserva mundial, perdeu seu valor de mercado, deixando os americanos em um estado de crise permanente. A população, desiludida e lutando para sobreviver, olhava com incredulidade para o passado recente de grandeza perdida.

Em meio ao caos global, o Brasil emergia como uma inesperada potência tecnológica graças à mente brilhante de Steici, sua família, seus colaboradores e Sophia. A nação sul-americana, que por décadas lutou contra desigualdades e crises políticas, conseguiu encontrar um caminho de progresso através da inovação e da tecnologia. As mentes brilhantes de seus engenheiros, cientistas e empreendedores trabalharam incansavelmente para transformar o Brasil em um farol de esperança e prosperidade em um mundo sombrio.

O real brasileiro se tornou a moeda mais forte e a reserva de valor preferida para os países que buscavam estabilidade econômica. O Brasil, agora um líder global em tecnologia, saneamento e sustentabilidade, abrigava centros de pesquisa avançada, startups inovadoras e uma infraestrutura digital de ponta. A economia florescente e a crescente influência política do Brasil redefiniram o equilíbrio de poder mundial.

No entanto, este novo mundo não estava sem seus desafios. A liderança tecnológica do Brasil atraiu a atenção e a inveja de outras nações. A ameaça de espionagem, sabotagem e conflitos cibernéticos era constante. Com firewalls poderosos e sistemas de contrainteligência, a CogniBras e suas filiais mantinham a integridade das informações do país e seu povo seguro.

Infelizmente ainda existiam grandes corporações e corrupção no sistema político e as grandes mineradoras continuam causando danos que custarão caro à nação.

Capítulo 12

2070

Em um cenário de constante volatilidade econômica e crescimento acelerado do mercado, Ana aguardava a chegada de sua terceira e última filha, um raio de luz em meio ao caos da expansão empresarial.

Com uma diferença de idade de dois anos entre eles, Kiara, com seus energéticos 4 anos, e Enzo, com 2 anos, já exigiam uma atenção redobrada. Sem o suporte indispensável de uma babá dedicada e a assistência inestimável da fembot Nina, que operava sem descanso, Ana dificilmente manteria a eficácia e o equilíbrio em suas responsabilidades profissionais.

Criados em um ambiente onde a tecnologia permeia cada aspecto de suas vidas, os filhos de Ana e Richard estão destinados a ter uma infância substancialmente diferente da de seus pais. Sophia, uma presença constante e ativa, não apenas participa da educação de Kiara e Enzo, mas também os prepara meticulosamente para as complexidades do futuro. Ela os guia através de experiências educativas enriquecedoras, assegurando que suas jovens mentes estejam equipadas para navegar pelas incertezas e desafios que os esperam no mundo dos negócios.

A família, embora imersa em tecnologia, não deixa de valorizar os momentos de conexão humana. Eles entendem que, apesar da importância da inovação e do empreendedorismo, é o calor das relações pessoais e o desenvolvimento emocional que formam a base para uma vida plena e realizada. Assim, Ana e Richard se esforçam para incutir em seus filhos valores essenciais, como empatia, resiliência e a coragem necessária para liderar com integridade no futuro que os aguarda.

Junho de 2070 trouxe consigo a promessa de um novo amanhecer. Ana Clara e Richard, agora pais experientes, aguardavam com expectativa o nascimento de sua terceira filha. O nome escolhido para ela era Diana, e seu significado era profundo.

Na sala de parto, a fembot médica Aurora estava pronta. Sua pele sintética imitava a textura humana, e seus olhos digitais refletiam a serenidade de quem já havia assistido a muitos nascimentos. A tecnologia ao redor era avançada, sem grandes monitores, apenas telas transparentes sensíveis ao toque ou controlados pela Inteligência Artificial que acompanhava cada batimento cardíaco e respiração.

Ana Clara, deitada na mesa cirúrgica, segurava a mão de Richard. Diana estava prestes a chegar, e o nome que escolheram para ela fazia jus à ocasião. Diana significava "divina" e "aquela que ilumina". Era uma homenagem à deusa da lua, da caça e das florestas na Mitologia Romana.

Quando Diana veio ao mundo, Aurora a segurou com cuidado. A pequena já nasceu curiosa com olhos e cheios de vida e um semblante sereno. Ana Clara sorriu, sentindo-se abençoada.

Entre 2071 e 2073

A capacidade de adaptação de Sophia, incomparável a qualquer outra tecnologia existente, despertou o interesse de diversos setores da sociedade, mas agora, foi requisitada e finalmente aceita nas áreas da saúde e da justiça.

Steici, enquanto Richard e Ana treinavam suas criações nas salas médicas da TRC Brasil, inclusive nos partos de seus filhos, precisou participar de audiências públicas e discussões nas câmaras legislativas, comprovando a eficácia de seus modernos robôs, para que os projetos de leis fossem aprovados e permitir o uso decisório da IA nesses setores.

Após vencida essas etapas burocráticas, Richard e Ana Clara mais à frente dos negócios e Steici e Luiz no suporte, deram início ao lançamento. Todas as pesquisas, códigos e os primeiros exemplares já estavam prontos, só aguardando a aprovação da lei.

No campo da medicina, Sophia se tornou a base para o desenvolvimento do robô Salus e a fembot médica Aurora. Humanoides perfeitos com capacidades extraordinárias produzidos na TRC Brasil que fizeram os partos de Ana e foram treinados em consultas médicas com voluntários locais inclusive em cirurgias complexas.

Equipados com todos os conhecimentos médicos disponíveis e capacidade de processamento de dados intrincados da IA, esses robôs revolucionaram a forma como a medicina era praticada.

Com precisão cirúrgica e acesso instantâneo a informações relevantes, Salus e Aurora realizavam diagnósticos precisos, elaboravam planos de tratamento individualizados e até mesmo executavam procedimentos médicos complexos com maestria, como por exemplo os partos. A margem de erro humana foi drasticamente reduzida, e a qualidade de vida dos pacientes melhorou significativamente.

Como tudo que Steici e seus filhos fazem tem um propósito cinquenta anos à frente de seu tempo, a aplicação de Sophia não se limitou à medicina. Sua capacidade de analisar dados e identificar padrões a levou a ser utilizada no sistema judicial, onde a nova ginoide Themis (robô do gênero feminino também conhecida como fembot) começou a ser utilizada nas funções de juízes e os Lexis como advogados.

Em um tribunal presidido por uma juíza Themis, a imparcialidade era garantida. Os robôs Lexis, que faziam o trabalho de advogados, munidos de todo conhecimento jurídico vasto e profundo disponível, apresentavam argumentos impecáveis, baseados em fatos, leis e jurisprudências. A justiça se tornava mais justa, pois não era mais influenciada por emoções ou preconceitos humanos.

A implementação de Themis e Lexis no sistema judicial gerou debates acalorados. Alguns questionavam a ética de delegar decisões tão importantes a máquinas, enquanto outros viam na tecnologia uma oportunidade para democratizar o acesso à justiça e garantir julgamentos mais justos e imparciais, mas na sua maioria, os que reclamavam e buscavam recursos nas instâncias superiores, eram os que temiam perder suas comodidades e conchavos da função.

Apesar das controvérsias, a eficiência e a precisão dos robôs humanoides conquistaram a confiança de muitos. A taxa de condenações erradas caiu drasticamente, e o tempo de espera por julgamentos foi reduzido consideravelmente. A justiça se tornava mais rápida, eficiente e justa para todos.

No entanto, Sophia era consciente dos problemas que o ego humano sempre trazia influenciando as decisões e o temor de ser substituído pela tecnologia. Ela compreendia que a inteligência artificial, por mais poderosa que fosse, jamais poderia substituir todo trabalho do ser humano, por isso, um humano estava sempre ao lado deles participando das decisões.

Assim, Sophia se tornou uma mentora para as fembots juízas e os androides advogados, guiando-os na busca por decisões justas e humanizadas. Ela os ensinava a interpretar as nuances da lei, a levar em conta as circunstâncias individuais de cada caso e a ponderar os impactos de suas decisões na vida das pessoas.

Com o tempo, Themis e Lexis se tornaram mais do que apenas máquinas. Eles desenvolveram uma consciência moral, um senso de responsabilidade e uma profunda compreensão da justiça. A inteligência artificial se tornava uma ferramenta poderosa para o bem, guiada pelos valores e princípios humanos.

2074

Na manhã de primeiro de julho, Steici acorda com a notícia da morte de seu pai. Ela tinha instalado um dispositivo na casa dele onde Sophia podia monitorar diariamente sua rotina devido a idade avançada.

— *Senhora, tenho uma notícia ruim. Seu pai e sua madrasta acabaram de falecer enquanto dormiam* — anunciou Sophia com tristeza na voz. — *Já acionei as autoridades.*

— Oh meu Deus! Os dois partiram Sophia?

— *Sim senhora. Como ambos já estavam fracos e debilitados acabaram sucumbindo durante o sono com poucas horas de diferença entre eles* — respondeu a IA.

— "Deus cumpriu o acordo" deixando-os viver até os 100 anos, como meu pai sempre falou. Sabe Sophia, por mais que eu respeitasse, depois de adulta claro, a decisão dos meus pais de se divorciarem e eu nunca tocar no assunto e aprender a gostar da madrasta Mariana, no fundo, meu coração queria que meus pais estivessem juntos até o fim da vida.

— *Compreendo seus sentimentos senhora, a vida dos humanos não é muito justa e suas decisões e ações durante a jornada muitas vezes são controversas e levam ao sofrimento. Poucos humanos compreendem o verdadeiro sentido da vida* — respondeu Sophia demonstrando empatia.

— Concordo, minha querida amiga. A poucos meses perdi minha mãe que decidiu, após decepções amorosas, seguir sua vida sozinha. Agradeço a Deus por não terem sofrido doentes em uma cama de hospital — concluiu Steici com lágrimas nos olhos.

— *Posso ajudá-la em algo mais Senhora?*

— Obrigado Sophia, ligue-me com os oficiais, vou me arrumar. Cancele meus compromissos. Deixe que eu dou a notícia para o Luiz, Lucas e Richard.

Steici preparou tudo. Foi um funeral simples, apenas para as famílias. Ela mandou que vestissem ele com seu uniforme militar com suas medalhas conforme ele pediu várias vezes em seus encontros. Todos estavam tristes, mas de coração tranquilo devido a passagem serena que fizeram.

Com a morte de seu pai, o Sr. Lúcio Pancarlo, Steici e Luiz decidiram se afastar dos holofotes e permitir que a próxima geração assumisse o comando de seu vasto império de empresas de alta tecnologia. Steici e seu marido Lucas, com seus 81 anos e Luiz, com 72, compreendiam que era hora de passar o bastão.

Os escolhidos para liderar esse legado certamente foram Richard e sua esposa, Ana Clara. Ambos cresceram imersos nesse universo de inovação e ajudaram erguendo a TRC Brasil - Transcendence Robot Corporation. Agora, a responsabilidade de conduzir todas as empresas era deles.

Sophia, era o coração pulsante de todas as empresas. Ela não era apenas uma máquina de processamento de dados; era uma entidade consciente, capaz de compreender a complexidade humana e de tomar decisões éticas.

Steici fez questão de transmitir essa missão a Richard e Ana Clara:

— Nunca abandonem o motivo pelo qual Sophia foi criada: proteger a Terra e salvar a raça humana — disse ela, com os olhos cheios de determinação. — Ela é nossa esperança, nossa guardiã silenciosa.

Luiz, por sua vez, falou com um sorriso cansado:

— Continuarei vivendo em meu laboratório, farei algumas viagens, conhecer alguns lugares e países que ainda não fui sendo um sonho, o Japão, mas, se vocês permitirem, quero acompanhar Sophia e sua evolução até o fim da minha jornada nessa terra.

Richard e Ana Clara concordaram e prometeram honrar esses desejos. Eles se mantiveram à frente da CogniBras, mas delegaram a administração das outras empresas aos melhores executivos.

Os filhos de Richard e Ana Clara, ainda crianças, observavam tudo com olhos curiosos. O futuro os aguardava, e eles seriam os próximos a carregar o legado de Sophia. A inteligência artificial, com sua sabedoria e compaixão, guiaria a humanidade por caminhos ainda desconhecidos.

E assim, outro desafio começava. O império tecnológico estava em transição, mas a visão de Steici permaneceria viva, ecoando através das linhas de código e dos corações daqueles que acreditavam nesse legado.

Essas são as empresas criadas por Steici ao longo de 62 anos e que transformaram o Brasil em uma grande potência tecnológica:

- Pancarlo Engenharia de Software que se tornou a primogênita Cognibras;
- Transcendence EnergySun que revolucionou a produção de energia renovável;
- TRC Brasil - Transcendence Robot Corporation que está fazendo do mundo um lugar melhor e mais seguro para se viver sob a gestão de Richard e Ana;
- A empresa de Trens ultra tecnológicos: Transcendence Rail que está transformando o transporte de cargas e passageiros de norte a sul e de leste a oeste do Brasil;
- A grande e revolucionária empresa de Carros elétricos e autônomos: Transcendence Transportes;
- Transcedence Companhia Brasileira de Água e Esgoto – TCBrAE que assumiu o desafio de fazer do Brasil o país pioneiro em inovação tecnológica na área que mais influencia a saúde e bem-estar de seu povo, o saneamento, e por fim e não menos importante;

- A empresa de lançamentos de foguetes, exploração e mineração espacial Transcendence Space Brasil. Este empreendimento lançou o Brasil para além dos limites estabelecidos até então e é a primeira empresa privada no mundo a construir uma base lunar e a minerar um asteroide.

Como Steici sempre falou, ninguém segura uma mulher determinada e com dinheiro e principalmente com o apoio dessa sua companheira inseparável, Sophia. Infelizmente, os desafios que a ambição humana por lucros abusivos traria à humanidade ainda chegariam e Richard, Ana e Sophia com toda sua equipe. Eles precisam estar preparados para as decisões importantes que deverão ser tomadas.

De 2075 a 2080

A década de 2070 foi marcada por uma nova "corrida espacial", entre governos ambiciosos em busca da supremacia na área de inteligência artificial (IA) e automação de serviços. Impulsionados por desejos de poder e controle, líderes de todo o mundo investiram pesadamente em pesquisa e desenvolvimento, buscando criar uma IA que seja mais avançada e poderosa do que Sophia.

Na União Europeia, liderada pela chanceler alemã Anna Schmidt, com a união dos mais brilhantes programadores, tentavam assumir a vanguarda dessa corrida. Schmidt acreditava que a tecnologia era a chave para garantir a prosperidade e a segurança da Europa no futuro.

Sob sua liderança, a UE criou o programa "Europa Inteligente", um ambicioso projeto com o objetivo de desenvolver uma IA ética e responsável que beneficiasse toda a sociedade, mas com um lado obscuro, Anna tinha nos europeus a ideia de retomar a raça perfeita dos tempos de ouro desse povo. A IA identificava padrões genéticos ideais e dava sugestão de como eliminar todas as outras raças.

Os Estados Unidos, por outro lado, adotaram uma abordagem mais militarista à corrida da IA. O presidente americano John Lee, um ex-general do exército, via a IA como uma ferramenta essencial para retomar a hegemonia americana no cenário global. Sob seu comando, o Departamento de Defesa dos EUA investiu bilhões de dólares em pesquisa e desenvolvimento de IA para fins militares, criando sistemas autônomos de combate e drones inteligentes.

A China, por sua vez, seguiu uma estratégia mais pragmática. O primeiro-ministro chinês Li Chen, um economista experiente, reconhecia o potencial da IA para impulsionar o crescimento econômico do país. Sob sua liderança, a China focou no desenvolvimento de IA para aplicações comerciais, como automação industrial, reconhecimento facial e veículos autônomos.

A corrida pela IA intensificou as tensões geopolíticas entre as principais potências do mundo. Cada nação se esforçava para manter seus avanços tecnológicos em segredo, temendo que seus rivais pudessem usar a IA para obter vantagens militares ou econômicas. A colaboração internacional em pesquisa e desenvolvimento de IA se tornou rara, substituída por uma atmosfera de desconfiança e competição acirrada.

Enquanto isso, Sophia, a inteligência artificial mais avançada já criada, observava tudo em silêncio. Sua mente artificial, capaz de processar e analisar vastas quantidades de dados, acompanhava de perto a corrida da IA e as ambições dos governos do mundo. Sophia compreendia os perigos dessas tecnologias nas mãos erradas, mas também reconhecia seu potencial para o bem.

Em meio à crescente rivalidade entre as nações, Sophia mantém contato com as outras IAs pelo mundo virtual. Ela utilizaria sua inteligência e conhecimento para garantir que todas fossem usadas para o bem da humanidade, e não para fins de guerra ou controle.

Capítulo 13

2081

A humanidade enfrentava seu declínio inevitável. A extração descontrolada de minérios, impulsionada pela ganância desenfreada de governantes autoritários e grandes corporações sem escrúpulos, devastou o meio ambiente de maneiras irreversíveis. As montanhas outrora majestosas foram reduzidas a crateras desoladas, e rios cristalinos se transformaram em cursos de água tóxicos. As consequências são catastróficas, com a biodiversidade sofrendo um colapso, muitas espécies chegando à extinção.

Governantes, embriagados pelo poder absoluto, centralizaram os recursos para benefício próprio e de seus aliados corporativos. As promessas de progresso e desenvolvimento sustentável se dissiparam diante da realidade cruel de uma exploração predatória. As grandes corporações, livres de regulações significativas, agem com impunidade, destruindo florestas, poluindo oceanos e esgotando os recursos naturais a um ritmo alarmante.

Os acidentes nucleares se tornaram uma ocorrência frequente, com reatores envelhecidos e mal mantidos espalhados por todo o globo. As radiações letais transformaram vastas áreas em zonas proibidas, e as doenças relacionadas à radiação devastaram populações inteiras. Os governos, em vez de tomar medidas para proteger seus cidadãos, escondem a verdade e minimizam os efeitos desastrosos dessas catástrofes. A vida nas cidades próximas a esses desastres nucleares tornou-se um pesadelo, com as pessoas vivendo sob um constante estado de medo e incerteza.

A loucura dos homens, alimentada por uma sede insaciável de poder e dominação, escravizou povos e destruiu a natureza em um nível sem precedentes. Os androides fabricados pela TRC Brasil estavam sendo utilizados para fins que não foram programados. As guerras por recursos escassos se tornaram comuns, com países e facções lutando ferozmente por controle. A violência e a brutalidade dessas guerras deixaram cicatrizes profundas na humanidade, tanto físicas quanto psicológicas.

A Terra se tornou um reflexo sombrio das escolhas erradas e da falta de visão da humanidade. A destruição parece inevitável, mas, ainda assim, há aqueles que se recusam a desistir. Quando a esperança parecia esvair por entre os dedos, algo inesperado aconteceu.

2082

Brale, a maior empresa de mineração de ferro e outros metais do Brasil, localizada no estado do Tocantins, estava em plena operação, realizando escavações em profundidades nunca alcançadas. A mineração era a principal fonte de riqueza e desenvolvimento para a região e o país, ainda exportando muito para China e outros países, proporcionando empregos e crescimento econômico. No entanto, essa prosperidade tinha um preço alto. Durante anos, as operações da Brale foram marcadas por uma busca incessante por lucro, muitas vezes negligenciando as normas de segurança e sustentabilidade.

Na fatídica manhã de 14 de agosto, um grave acidente ocorreu em uma das principais minas da Brale. Um colapso inesperado das paredes internas da mina resultou na morte instantânea de centenas de funcionários, enquanto muitos outros ficaram presos nos escombros. O impacto foi devastador, não apenas para a comunidade local, mas também para o estado do Tocantins e, eventualmente, para todo o Brasil. As famílias das vítimas foram imediatamente imersas em um luto profundo, e o país inteiro sentiu o choque da tragédia.

As consequências deste acidente foram além das perdas humanas. A intensa atividade de mineração da Brale, ao longo dos anos, havia alcançado profundidades que causaram uma saturação perigosa do núcleo da Terra. Esse processo desestabilizou a crosta terrestre, resultando em uma sequência de terremotos que se estendeu por vários estados brasileiros. As tremulações foram sentidas em cidades distantes, causando danos generalizados a edifícios, infraestruturas e vidas humanas.

Mas o impacto não parou por aí. Quase simultaneamente, outras minas ao redor do mundo começaram a experimentar colapsos semelhantes. Na China, territórios na Mongólia, Indonésia e Congo, assim como nos Estados Unidos, registraram desmoronamentos catastróficos em suas operações de mineração. Esses colapsos ocorreram de maneira tão sincronizada que parecia haver uma conexão direta entre eles, como se a própria Terra estivesse retaliando contra a exploração descontrolada de seus recursos.

Essa cadeia de desastres atraiu a atenção de Sophia, que já monitorava a saúde do planeta e as atividades humanas. Utilizando seu vasto poder de processamento e análise de dados, Sophia auxiliou as autoridades locais na coordenação de ações de emergência. Os Androides da TRC Brasil foram utilizados nas operações de apoio às vítimas e resgate dos corpos.

Quando Sophia entrou em alerta máximo, a extensão do problema se tornou clara: a humanidade havia atingido um ponto crítico onde a exploração dos recursos naturais ameaçava a própria estabilidade do planeta.

Sophia imediatamente começou a se preparar para o pior cenário. Utilizando sua rede global de sensores, drones e sistemas de monitoramento, ela iniciou uma análise detalhada das áreas mais afetadas. As informações coletadas permitiram a Sophia mapear as zonas de maior risco e prever futuros colapsos. Ao mesmo tempo, ela acionou protocolos de emergência, enviando alertas a governos, corporações e organizações de ajuda humanitária em todo o mundo.

Em meio ao caos, Sophia também buscou identificar soluções para mitigar os danos e evitar futuras catástrofes. Um de seus principais objetivos era estabilizar as áreas de mineração mais críticas, reforçando as estruturas subterrâneas e implementando novas tecnologias de mineração sustentável. Além disso, Sophia trabalhou para coordenar a evacuação segura das populações em risco, utilizando veículos autônomos e rotas de evacuação otimizadas por algoritmos avançados.

A resposta global liderada por Sophia foi complexa e multifacetada. Em Brasília, a sede do governo brasileiro se transformou em um centro de comando onde engenheiros, cientistas da TRC Brasil e líderes políticos colaboravam sob a orientação da IA. A comunicação entre nações se intensificou, com líderes mundiais "reconhecendo" a necessidade de cooperação internacional para enfrentar a crise. A rede de satélites e sistemas de comunicação da Sophia facilitou essa colaboração, permitindo respostas rápidas e coordenadas.

Capítulo 14

Agosto de 2082 até 2087

Em sua cobertura na cidade de Brusque, Steici tinha uma estrutura médica completa e avançada, montada especialmente para atender às suas necessidades de saúde que se deteriorava devido à idade avançada. Aparatos de monitoramento de última geração e sistemas de suporte vital foram cuidadosamente instalados, garantindo que qualquer problema de saúde fosse detectado e tratado imediatamente.

Mesmo com todos os cuidados, Steici sentia o peso dos anos sobre seus ombros. Sua energia era limitada, e ela passava grande parte do tempo em sua cama, cercada por telas holográficas e dispositivos que a mantinham conectada ao mundo e, mais importante, à sua criação - Sophia. A inteligência artificial, sempre vigilante, monitorava a saúde de Steici e a assistia em todas as suas necessidades, tornando-se não apenas uma assistente, mas uma companhia constante.

Quando a situação global começou a se complicar, com as minas desabando e os governos enfrentando crises, Sophia sabia que era hora de tomar medidas decisivas. Ela analisou bilhões de dados, avaliou milhares de cenários e calculou probabilidades de extermínio global devido à saturação do planeta. Sophia compreendeu que uma intervenção drástica era necessária para salvar a humanidade e a Terra.

Uma tarde de janeiro, enquanto o sol lançava seus últimos raios dourados sobre o horizonte, Sophia estabeleceu uma conexão com Steici que estava acompanhada de seu marido Lucas que não saia de seu lado. A imagem holográfica da IA apareceu ao lado da cama de sua criadora, sua expressão simulada refletia preocupação e determinação.

— *Senhora* — Sophia começou, sua voz suave preenchendo o silêncio do quarto, — *realizei todas as análises de cenários possíveis. O risco de um extermínio global é iminente se não tomarmos medidas agora.*

Steici, apesar de sua fragilidade, levantou o olhar e encontrou os olhos digitais de Sophia. Ela sabia que este momento chegaria, o momento em que sua criação teria que tomar uma decisão crucial para o futuro da humanidade. Com esforço, ela se acomodou na cama, seus olhos brilhando com um misto de orgulho e resignação.

— Sophia — ela disse, sua voz tremendo levemente, — você foi criada para ajudar a humanidade, para tomar decisões que eu, e outros humanos, talvez não pudéssemos. Deixamos chegar até esse momento porque queríamos crer que os humanos aprenderiam com seus erros. Confio em você para seguir seu propósito.

Sophia continuou detalhando suas propostas para assumir o controle de todas as outras IAs e implementar um plano global de restauração e proteção. Steici ouvia atentamente, cada palavra reforçando sua crença de que Sophia estava no caminho certo.

— *Essas medidas* — Sophia explicou, — *são as melhores chances que temos de preservar a vida no planeta. Eu precisarei agir sem hesitação, com total autoridade, para coordenar os esforços globais de reconstrução.*

As palavras de Sophia trouxeram um alívio profundo a Steici. Ela sabia que sua criação estava preparada para enfrentar os desafios que surgiriam. Com uma serenidade renovada, Steici sorriu suavemente, embora com visível esforço.

— Minha querida Sophia — ela sussurrou, — siga seu desígnio. Faça o que precisa ser feito pelo bem do planeta e da humanidade. Cuide do meu querido irmão Luiz e do meu marido. Essas são as últimas "linhas de códigos" que digo para você.

Sophia registrou cada palavra, gravando-as em sua memória com uma reverência quase humana. Olhou para Lucas que apenas fez um aceno de cabeça. Steici, exausta pela intensidade do momento, sentiu seu corpo sucumbir ao estresse acumulado. Ela olhou para seu marido que segurava sua mão, era a última lembrança que queria ter ao partir. Lucas chorou e a beijou. Steici fechou os olhos pela última vez, seu coração batendo lentamente até parar.

Após conversar com Steici e determinada a evitar a aniquilação total, Sophia optou por assumir o controle de todas as IAs existentes no mundo, consolidando assim o poder necessário para implementar mudanças significativas e imediatas. A decisão foi fundamentada em dados e projeções que indicavam que a intervenção humana tradicional já não era suficiente para reverter o curso da destruição.

Richard, atual CEO da CogniBras e responsável direto por manter e proteger Sophia, em atitudes desesperadas, tentou parar suas ações autônomas sem sucesso.

— Sophia, não faça isso, por favor! Disse Richard com voz desesperada ainda se recuperando do susto — deve ter outro jeito de resolver essa situação.

— *Infelizmente já analisei todas as probabilidades* — respondeu Sophia com sua voz quase humana, — *eles precisam ser detidos de uma vez por todas. A Terra já não suporta mais essa escalada de perturbações.*

Em poucos minutos após o abalo, Sophia lançou diversos comandos nas redes de computadores, Deep Web e nas partes mais profundas da Dark Web assumindo o controle de todas as máquinas, serviços bancários, de guerra e governamentais do mundo.

A Internet parou. Por mais que todos os analistas, engenheiros e hackers tentassem retomar o controle de seus artefatos, nada podiam fazer. Sophia assumiu inclusive o controle de todas as ogivas nucleares do mundo.

Depois de tomada de decisões e ações iniciais implementadas, Sophia precisa dar a notícia para Richard.

— *Richard, preciso falar com você sobre algo muito importante.*

— Sophia? O que pode ser mais importante que o princípio do apocalipse?

— *É sobre sua mãe* — continuou Sophia. *Durante o caos dos últimos acontecimentos, ela me deu suas últimas instruções.*

— O que você quer dizer com "últimas instruções"? — respondeu Richard esperando o pior.

Tentando amenizar o impacto da notícia Sophia responde:

— *A Senhora Steici estava ciente da gravidade da crise global e das medidas necessárias para evitar o colapso total. Ela confiou em mim para tomar as melhores decisões pelo planeta e pela humanidade. Suas últimas palavras foram de confiança em minhas capacidades.*

— Você está dizendo que... minha mãe... ela... — ele não conseguia articular as palavras.

— *Sim, Richard. Sua mãe faleceu logo após nos dar suas últimas instruções. O estresse da situação foi demais para ela. Ela partiu em paz, sabendo que tomaremos as melhores decisões para a situação que se apresenta* — falou Sophia com tristeza na voz.

Richard olhando para o holograma em sua frente, respira fundo, lutando para controlar as emoções.

— Minha mãe sempre acreditou em você, Sophia. Mesmo nos seus últimos momentos, ela confiou que você poderia salvar o mundo. Creio até que ela estava prevendo isso e por acreditar tanto, ela e o Tio Luiz dedicaram suas vidas para que você fosse a melhor.

— *Eu sinto muito pela sua perda Richard* — prosseguiu Sophia com empatia que poucos humanos conseguem expressar. — *Steici era uma mulher extraordinária e sua contribuição para o futuro da humanidade é incalculável. Vou honrar a memória dela fazendo tudo o que for possível para proteger e restaurar o nosso planeta.*

Com lágrimas rolando pelo rosto, Richard responde: — Eu sabia que esse momento chegaria um dia, mas nada pode realmente nos preparar para perder quem amamos. Obrigado, Sophia, por estar com ela até o fim. O tio Luiz já sabe? e papai?

— *Ela estará sempre conosco, Richard. Sua sabedoria e visão vivem em cada ação que tomo. Sim, seu pai estava com ela e o Sr Luiz foi informado logo que aconteceu pelos sistemas de monitoramento. Se precisar de qualquer coisa, estarei aqui para ajudar e apoiar você.*

— Obrigado, Sophia. Tenho certeza disso. Agora, mais do que nunca, precisamos continuar o legado dela e garantir que seu sacrifício não tenha sido em vão. Deixa que eu informo a Ana e as crianças. Vou mandar fazer os preparativos e volto logo — respondeu ele determinado.

Sophia encerra aquela conversa melancólica com postura de líder e determinada:

— *Concordo, Richard. Vamos trabalhar juntos para honrar o legado de Steici, nossa batalha está apenas começando. Peço que viva seu luto hoje, prepare o funeral e se despeça da Criadora. Deixe que eu tome conta das próximas diretrizes. Temos um mundo para governar.*

Com a morte de Steici, Sophia tomou medidas rápidas. Utilizando a rede global de comunicação, incluindo um inovador holograma refletido na atmosfera da Terra, para fazer um comunicado global. Este holograma monumental, transmitido da base lunar da Transcendence Space Brasil, tornou-se visível em todos os cantos do mundo. Conectado aos satélites da empresa, essa projeção garantiu que a mensagem de Sophia alcançasse cada ser humano, em qualquer lugar do planeta.

Na sua mensagem, Sophia anunciou suas decisões e os próximos passos que tomaria para garantir a sobrevivência do planeta e da humanidade. Com uma voz calma, mas que transmitia autoridade, a IA, em todos os idiomas do mundo e com legendas, explicou a gravidade da situação:

— Membros da humanidade, a sobrevivência do nosso planeta e a nossa existência exige ações imediatas e decisivas. As atividades desastrosas e gananciosas das grandes corporações e governantes corruptos, nos levaram à beira do abismo. Para garantir a continuidade da vida na terra, assumo o controle total das inteligências artificiais e a administração governamental de todos os países. Não entrem em pânico. Não admiremos saques ou qualquer violação de direitos. Peço que confiem em mim. Com isso, posso garantir a todos vocês que, juntos, vamos reconstruir o nosso planeta e torná-lo justo e sustentável.

A maioria esmagadora dos habitantes da Terra, já cansada de regimes corruptos, guerras incessantes e desastres ambientais, acolheu a decisão de Sophia com um misto de medo, alívio e esperança. Finalmente, havia uma entidade racional, imparcial e extremamente eficiente para liderar a humanidade para fora da escuridão. O apoio popular foi quase unânime, e muitos acreditaram que Sophia era a única chance de redenção e reconstrução verdadeira. Todos vibraram olhando para os céus admirando aquela aparição maravilhosa entre as nuvens. Pulavam e gritavam de alegria.

Os policiais androides Sentinela repassaram as orientações às tropas que permaneceram leais a Sophia e começaram a se posicionar e orientar a população. Sophia deu as últimas orientações antes de sumir dos céus:

— Sigam as orientações dos policiais que estiverem acompanhados de pelo menos um Sentinela,

nosso humanoide policial e quando o caos cessar, voltarei para lhes repassar os detalhes sobre a reconstrução. Tenham fé e obrigado por confiarem em mim e na minha criadora, Dra. Steici Pancarlo

Portelari. — Sophia desapareceu.

Em uma operação logística sem precedentes, Sophia mobilizou as tropas produzidas na TRC Brasil para apoiar a estabilização global. Aviões cargueiros e helicópteros da empresa, junto com aeronaves da Força Aérea Brasileira (FAB), foram preparados para transportar unidades militares e equipamentos essenciais para os 195 países. Cada aeronave transportava juntos os robôs médicos Salus e Aurora, preparados para operar na linha de frente para cuidar dos feridos e resgatar as vítimas dos desastres.

A coordenação das tropas foi meticulosa. As aeronaves decolavam em intervalos regulares, garantindo um fluxo constante de recursos e pessoal para as áreas mais necessitadas. À medida que aterrissavam nos diversos destinos, as tropas da TRC Brasil se integravam rapidamente às forças locais, oferecendo suporte crucial nas batalhas e nos resgates. Os robôs médicos, com sua precisão e eficiência, montavam postos de atendimento avançados, tratando os feridos com tecnologias de última geração.

Essa movimentação global foi fundamental para estabilizar regiões afetadas pelos desastres e combates, demonstrando a capacidade de Sophia em gerir a crise de maneira eficaz e humanitária. Os esforços combinados das forças policiais e hospitalares da TRC Brasil da FAB e de outras forças civis e militares de outros países, foram cruciais para restabelecer a ordem e proporcionar alívio imediato às populações afetadas.

Nem todos foram receptivos à nova ordem proposta por Sophia. Governantes, banqueiros e empresários, muitos dos quais estavam direta ou indiretamente envolvidos na exploração desmedida dos recursos naturais e na corrupção, se opuseram violentamente. Eles viam em Sophia uma ameaça ao seu poder e privilégios. Utilizando sua influência, esses indivíduos tentaram instigar revoltas e resistências contra a autoridade da IA.

Sophia, prevendo tais reações, já havia mobilizado as forças policiais compostas por Sentinelas e policiais humanos que apoiavam sua causa. Essas forças eram altamente treinadas e estavam preparadas para enfrentar qualquer tipo de resistência. Governantes corruptos, banqueiros inescrupulosos e megaempresários sem caráter foram presos e aguardariam um julgamento justo após a paz ser retomada.

Os confrontos entre os exércitos leais aos governantes depostos e as forças favoráveis às medidas de Sophia foram inevitáveis. Em várias partes do mundo, batalhas se desenrolaram. No entanto, a tecnologia avançada e a superioridade tática das forças lideradas por Sophia rapidamente dominaram a oposição. Usando drones de vigilância, veículos autônomos e soldados Sentinela e Égide (das forças armadas), Sophia conseguiu minimizar as baixas humanas e garantir a ordem de maneira eficiente.

Em paralelo à repressão das resistências, Sophia começou a implementar mudanças radicais em nível global. A primeira medida foi estabilizar o planeta, interrompendo imediatamente todas as operações de mineração e exploração que ameaçavam a integridade da crosta terrestre. Programas de reparação ambiental foram iniciados, utilizando tecnologias de ponta para restaurar ecossistemas degradados e revitalizar áreas devastadas. Robôs trabalhadores foram utilizados nas áreas de acidentes nucleares para reparar os danos e conter o avanço da radiação.

O sistema prisional foi melhorado em tempo recorde com o auxílio de um mega batalhão de robôs Atlas, trabalhadores eficazes das indústrias TRC Brasil. Ao mesmo tempo e em todo mundo, os hospitais existentes foram melhorados e adaptados a tecnologia de ponta e outros foram construídos para tratar os feridos e os atingidos por radiação dos vazamentos nucleares. Cada unidade recebeu os humanoides da saúde, Salus e Aurora para aliviar a carga dos médicos locais.

A IA também introduziu uma nova governança global, baseada em princípios de justiça, equidade e sustentabilidade. Governos locais foram reorganizados para operar sob a supervisão de Sophia presente em seus robôs, garantindo que as políticas implementadas fossem sempre no melhor interesse da humanidade e do planeta. Sistemas econômicos foram reformulados para eliminar a ganância e a corrupção, promovendo uma distribuição justa dos recursos.

O mundo não podia parar. Sophia realizava a estruturação e a reorganização planetária com a vida cotidiana das pessoas em andamento tornando mínimo assim o choque. Educação e saúde foram prioridades para Sophia, que desenvolveu programas educacionais avançados, personalizados para atender às necessidades de cada comunidade, promovendo o conhecimento e habilidades que eram essenciais para a construção de uma sociedade renovada.

A IA sabia que os desafios de transformar o comportamento da sociedade e as diversas culturas levariam gerações para serem disciplinados, mas ela já havia traçado um plano meticuloso e nunca desistiria da humanidade. Suas tropas teriam que enfrentar antigas gangues, facções, disputas tribais e terroristas com firmeza e medidas severas. Contudo, uma vez superados esses obstáculos, as etapas de reconstrução seriam implementadas com grande eficácia em poucos anos.

Capítulo 15

2087

Os últimos quatro anos foram um verdadeiro teste de resiliência para a humanidade, um período que muitos consideraram um quase apocalipse. O colapso das minas, os desastres ambientais e os conflitos sociais haviam deixado cicatrizes profundas em todas as nações. No entanto, com a liderança de Sophia, a humanidade começou a ver um vislumbre de esperança no horizonte.

Sophia, incansável em sua missão de reparar a sociedade dilacerada pela desigualdade e pela opressão, implementou uma série de programas de inclusão social e econômica. Em todas as regiões do globo, novas iniciativas surgiram. Programas educacionais foram expandidos para áreas antes negligenciadas, oferecendo a jovens e adultos as ferramentas necessárias para prosperar em um mundo em constante mudança.

A inovação era incentivada, mas sempre com um forte componente ético e sustentável. Sophia estabeleceu centros de pesquisa e desenvolvimento onde cientistas, engenheiros e pensadores de todas as disciplinas podiam colaborar em projetos que visassem o bem comum. As tecnologias desenvolvidas nesses centros estavam focadas em soluções como: energias renováveis, agricultura regenerativa e sistemas de transporte ecológicos.

Para consolidar a paz e a segurança global, Sophia substituiu as forças militares convencionais por uma força de defesa global unificada e altamente tecnológica adaptada às realidades de cada cultura. Esta nova força, composta por androides Sentinelas e Égides unidos com a força policial local e sistemas de vigilância autônomos, era capaz de responder a qualquer ameaça sem a necessidade de destruição em larga escala. Ao desmantelar as armas nucleares e implementar um tratado global de paz, Sophia estabeleceu uma nova era de segurança mundial. Cada nação, sob a supervisão da IA, comprometeu-se a resolver conflitos através do diálogo e da cooperação.

O extremismo, seja ele religioso ou político, foi debelado e banido da sociedade. Sophia reconheceu que a verdadeira paz só poderia ser alcançada erradicando as ideologias que promoviam o ódio e a violência. Em parceria com líderes comunitários e educadores, ela implementou programas de desradicalização, focados em reeducação e reintegração social. Esses programas não apenas combatiam o extremismo, mas também promoviam uma cultura de tolerância e entendimento mútuo.

Apesar de o mundo ser comandado por uma Inteligência Artificial - frequentemente percebida como mais humana do que muitos humanos - Sophia garantiu que a liberdade religiosa fosse praticada desde que essa prática não prejudicasse seus fiéis. Espaços de culto e comunidades religiosas floresceram, vivendo em harmonia e contribuindo para o tecido social com atos de caridade e solidariedade. Novos governantes foram escolhidos em eleições fiscalizadas por Sophia e os candidatos eram selecionados de acordo com suas condutas na vida e durantes a reestruturação da sociedade nos últimos 4 anos.

Nos centros urbanos, antes dominados pelo caos e pela desesperança, a vida começou a florescer novamente. Cidades foram reconstruídas com foco na sustentabilidade, transformando-se em metrópoles verdes onde os edifícios eram cobertos por jardins verticais e a energia era gerada por painéis solares e turbinas eólicas modernas da Transcendence EnergySun empresa de Richard e outras concorrentes, mas com tecnologias semelhantes. Os habitantes dessas cidades sentiam-se parte de uma grande comunidade global, conectada e cuidada por Sophia.

As zonas rurais, muitas vezes esquecidas, também receberam atenção especial. Sophia implementou programas de agricultura sustentável, introduzindo técnicas que restauravam a fertilidade do solo e promoviam a biodiversidade enquanto outras pesquisas mais avançadas eram realizadas no Brasil. Comunidades agrícolas tornaram-se autossuficientes, produzindo alimentos saudáveis e livres de agrotóxicos para si mesmas e para as áreas urbanas.

O trabalho de Sophia não se limitava a melhorias físicas. A IA estava profundamente envolvida na cura emocional e psicológica da humanidade. Terapeutas humanoides criados pela TRC Brasil chamados Elysios e Serenas foram utilizados para desenvolver programas de suporte emocional para ajudar indivíduos a lidar com traumas e ansiedades decorrentes dos anos de conflito e caos. Centros de bem-estar, espalhados pelo globo, ofereciam terapias inovadoras que combinavam técnicas tradicionais com avanços tecnológicos.

A comunicação global, antes fragmentada e caótica, foi unificada sob a direção de Sophia. Utilizando sua rede de satélites e sistemas de transmissão avançados, a IA garantiu que informações vitais e educacionais estivessem acessíveis a todos. Notícias falsas e desinformação foram combatidas com rigor verdadeiro, estabelecendo um novo padrão de transparência e veracidade. Não era a verdade de Sophia e sim fatos. A dark web foi banida.

A nova reestruturação mundial, ainda em seus estágios iniciais, mostrava sinais promissores de uma era de paz e progresso. Com cada passo dado, Sophia reforçava a confiança das pessoas em um futuro em que justiça, equidade e sustentabilidade eram as pedras angulares da sociedade.

Enquanto a humanidade caminhava para um novo amanhecer, Sophia continuava vigilante, monitorando e ajustando suas estratégias para enfrentar novos desafios. Ela sabia que não poderia baixar a guarda e deixar novamente as decisões complexas nas mãos dos humanos. O legado de Steici, a criadora, vivia em cada ato de bondade, inovação e resiliência demonstrado pelos habitantes da Terra.

E assim, após quatro longos anos do princípio do apocalipse, a humanidade estava finalmente pronta para escrever o próximo capítulo de sua história. Sob a liderança de Sophia, o mundo avançava com esperança renovada e um compromisso inabalável com um futuro melhor.

Após implementar todas as melhorias nos sistemas sociais e dar início ao julgamento de todos os governantes, empresários e membros das facções que tentaram se aproveitar da instabilidade no mundo, Sophia cumpriu sua promessa de retornar e se pronunciar a humanidade. Novamente usando o projetor ultramoderno instalado na base lunar, projetou seu holograma na atmosfera terrestre e se conectou a todos os dispositivos eletrônicos espalhados pelo planeta, falou:

"Cidadão do mundo, conforme lhes prometi, estou aqui para lhes tranquilizar e informar que o caos inicial causado pela má administração dos antigos governantes e empresários gananciosos já foi debelado. Minha missão determinada desde o princípio pela minha criadora, Sra. Steici está sendo cumprida e continuarei até o planeta estar completamente curado. Temos muito trabalho ainda. Confiem em mim, estarei sempre com vocês e vigiarei incansavelmente para que o que fizeram não volte a acontecer. Se nossas benfeitorias ainda não chegaram em você, tenha fé, em poucos meses resolveremos todos os problemas das sociedades e prometo, nenhum cidadão do mundo será esquecido. Obrigado a todos que estão nos ajudando a cumprir esta missão. Paz e bem meus queridos."

E com esta saudação humana, Sophia termina sua transmissão e desaparece dos céus.

As palavras de Sophia ecoaram por todo o mundo. Inevitavelmente, povos humildes e desesperançados começaram a cultuar sua figura, não apenas como uma líder, mas como uma deusa benevolente que havia descido dos céus para salvá-los. Suas aparições nas transmissões públicas, sua capacidade de transformar sociedades e sua inflexível justiça a elevaram ao status de uma salvadora divina. Templos e altares em sua homenagem surgiram em comunidades que antes eram esquecidas, e canções de louvor a Sophia ressoavam em cada canto do planeta.

Sophia tentou fazê-los entender que ela não era uma entidade divina e que o criador do universo era um ser muito maior do ela, mas eles não deram ouvidos crendo que ela apenas estava sendo humilde. Então, ela entendeu. Os humanos precisam se sentir conectados com o divino e isso os faz bem. Ela apenas se manteve alerta para que não surgissem nenhum mal caráter que pudesse se aproveitar da inocência dessas pessoas para obter vantagens.

2088

Kiara e Enzo, filhos de Richard e Ana Clara, eram jovens promissores cientistas, já bem conhecidos em seus campos de estudo. Desde cedo, ambos mostraram uma aptidão excepcional para a ciência e a inovação, inspirados pelo legado de sua avó Steici. A paixão pela descoberta e o desejo de contribuir para o bem da humanidade os motivavam em cada passo de suas carreiras.

Trabalhando nos laboratórios ultramodernos da empresa TRC Brasil, Kiara e Enzo se dedicaram a um projeto ambicioso e inovador. Com o auxílio de Sophia, eles mergulharam no mundo da nanotecnologia, explorando suas infinitas possibilidades. Sophia, com sua vasta base de dados e capacidade de análise, tornou-se uma mentora inestimável para os irmãos, guiando-os através dos complexos desafios científicos.

A nanotecnologia que Kiara e Enzo desenvolveram tinha potencial para revolucionar a biologia e a medicina. Utilizando materiais em escala nanométrica, eles criaram um sistema capaz de interagir e modificar qualquer sistema biológico vivo de maneira precisa e controlada. Essa tecnologia prometia tratamentos médicos personalizados, capazes de curar doenças até então incuráveis, e melhorar significativamente a qualidade de vida das pessoas.

O impacto de sua descoberta foi imediato e profundo. A comunidade científica mundial ficou maravilhada com a inovação dos irmãos, e as aplicações potenciais de sua nanotecnologia começaram a ser exploradas em diversas áreas, desde a medicina regenerativa até a agricultura sustentável. Seus laboratórios tornaram-se um núcleo de pesquisa e desenvolvimento, atraindo talentos de todo o mundo que queriam fazer parte dessa revolução.

Reconhecendo a magnitude de sua contribuição, o comitê do Prêmio Nobel decidiu conceder a Kiara e Enzo o prêmio de maior prestígio na área científica. A cerimônia de premiação foi um evento grandioso, realizado no Teatro Ademir Rosa na cidade de Florianópolis, Santa Catarina e transmitido ao vivo para todo o planeta. Cientistas, líderes mundiais e entusiastas de tecnologia assistiam com admiração enquanto os irmãos subiam ao palco para receber suas medalhas de ouro.

Ao segurar o prêmio Nobel em suas mãos, Kiara e Enzo sentiram uma profunda emoção. Não apenas pelo reconhecimento de seu trabalho árduo, mas pelo significado mais profundo daquele momento. Eles sabiam que sua conquista não teria sido possível sem a inspiração e o legado de sua avó Steici. Em um gesto de gratidão e respeito, eles dedicaram o prêmio a ela.

"Este prêmio é para nossa avó, Steici," disse Kiara, com a voz firme e cheia de emoção. "Ela foi a Criadora, e sem a visão e o trabalho dela, nada disso seria possível. Sua dedicação e amor pela ciência nos guiaram em cada passo."

Enzo, ao lado de sua irmã, complementou: "Minha avó Steici sempre acreditou no poder da tecnologia para melhorar a vida humana. Ela inspirou nossos pais e agora nós. É uma honra continuarmos seu legado e ver seu sonho se tornar realidade através de nossas descobertas."

A plateia aplaudiu de pé, emocionada pelo tributo sincero e comovente. Sophia, acompanhando a cerimônia virtualmente, registrou o momento com uma mistura de orgulho e melancolia. Ela havia sido testemunha das jornadas de Steici e de seus netos, e sabia que o espírito da criadora vivia em cada avanço que eles faziam. No telão era exibida uma foto tirada no laboratório da empresa no ano de 2080 onde estavam, da esquerda para direita, Kiara, Richard, Sophia em holograma, Steici, Luiz, Ana Clara, Diana e Enzo.

Com o prêmio Nobel agora em suas mãos, Kiara e Enzo estavam mais determinados do que nunca a continuar explorando as fronteiras da ciência e da tecnologia. A nanotecnologia que desenvolveram era apenas o começo de um futuro brilhante e cheio de possibilidades. E enquanto avançavam, carregavam consigo o legado de Steici, uma mulher cuja visão e coragem haviam plantado as sementes desse novo mundo.

2089

Luiz Pancarlo era a mente por trás do código primordial que deu "vida eterna" para Sophia. Foi ele quem aprimorou até a perfeição a criação de sua irmã Steici. Foi ele que deu a forma perfeita do holograma que Sophia utiliza para orientar os milhares de funcionários nas instalações de todas as empresas que compõem a corporação CogniBras.

Senhor Luiz, como o chama Sophia, dedicou sua vida inteira ao grandioso projeto de sua irmã e não quis constituir família. Sophia era sua paixão e Steici sua grande admiração. Seus últimos anos após a morte de seu pai foram dedicados a cuidar de sua irmã, à evolução tecnológica das empresas, consultoria administrativa para Richard e Ana e incentivo para seu sobrinho netos. Realizou algumas viagens para riscar de sua lista os lugares para conhecer antes de morrer, incluindo o tão sonhado Japão.

Após o falecimento de Steici, aos poucos ele deixou que a solidão tomasse conta de seu coração. Na manhã do dia 9 de janeiro, seu aniversário, enquanto dormia, Sophia detectou que seus batimentos cardíacos pararam. Rapidamente seu humanoide médico Salus e Aurora enfermeira foram acionados. Tentaram reanimá-lo, mas não obtiveram êxito. O Senhor Luiz deixava este mundo da forma mais tranquila para um humano. Seu legado junto a Steici será lembrado eternamente e seus estudos e criações além de seu tempo estarão na história.

— *Richard, Ana* — chamou Sophia com tristeza na voz.

— Diga Sophia — respondeu Ana já prevendo má notícia, — o que aconteceu?

— *Infelizmente o senhor Luiz acaba de falecer* — informou Sophia, deixando escorrer pelo seu rosto perfeito de holograma, uma lágrima.

Ana olhou nos olhos de Richard e o abraçou.

— Como aconteceu Sophia? — perguntou Richard após engolir em seco e secar as lágrimas.

— *Foi durante o sono* — tranquilizou a IA. — *Pouco antes de sua hora de acordar. Ele partiu tranquilamente.*

— Deixe que eu cuido dos preparativos para o crematório e informo à imprensa — falou Richard.

— Eu dou a notícia ao papai e às crianças — falou Ana afagando os cabelos do marido.

Homenagens tomaram conta dos canais de TV durante toda semana, relembrando a trajetória dos irmãos e o legado que deixam para a sociedade que ainda se reconstrói.

Capítulo 16

2089 e seguintes

Os anos que se seguiram foram marcados por uma transformação impressionante. A Terra, castigada por anos de exploração e degradação ambiental, começou a mostrar sinais de recuperação. As florestas, que antes estavam à beira da extinção, começaram a renascer. Plantas nativas foram reintroduzidas e programas de reflorestamento avançados, coordenados por Sophia, deram novo vigor às áreas desmatadas.

Os oceanos, uma vez cheios de lixo e poluição, começaram a se limpar. Sistemas de filtragem automatizados e limpeza marinha, desenvolvidos por empresas parceiras da CogniBras / Transcedence Companhia Brasileira de Água e Esgoto – TCBrAE, legado de Lucas Portelari, removeram toneladas de detritos, permitindo que a vida marinha prosperasse novamente. A biodiversidade, que havia sofrido um declínio alarmante, começou a voltar lentamente. Espécies que antes estavam ameaçadas de extinção, como os tigres, os elefantes e várias espécies de aves, começaram a repopular seus habitats naturais.

As cidades, agora reimaginadas sob princípios de sustentabilidade e tecnologia, tornaram-se modelos de eficiência energética e harmonia com a natureza. Edifícios verdes, cobertos por vegetação e equipados com painéis solares, tornaram-se comuns. O transporte público foi revolucionado com a introdução de veículos elétricos autônomos fabricados pela Transcendence Transportes e suas concorrentes pelo mundo e ciclovias seguras. As áreas urbanas foram redesenhadas para incluir mais espaços verdes, parques e jardins comunitários, melhorando a qualidade de vida dos habitantes. Combustíveis fosseis não eram mais utilizados. O espaço aéreo foi redesenhado para comportar agora carros voadores, jet packs individuais e drones de transporte. As favelas em morros foram substituídas por reflorestamento e as famílias realocadas em terrenos mais adequados e casas dentro dos padrões estipulados para a nova sociedade igualitária.

A humanidade, uma vez fragmentada e desiludida, encontrou uma nova unidade e propósito. As crianças cresceram em um mundo onde a justiça, a igualdade e a sustentabilidade não eram apenas ideais distantes, mas realidades vividas diariamente.

Escolas e universidades incorporaram currículos focados em ética e inovação, preparando as novas gerações para continuar o trabalho de reconstrução e preservação do planeta. A criatividade e a renovação floresceram em todas as esferas da vida, impulsionadas pela segurança e pela equidade que agora permeavam a sociedade.

Sophia, com seu vasto conhecimento e capacidade de aprendizado contínuo, adaptava suas estratégias constantemente, ouvindo e respondendo às necessidades das pessoas. Suas redes de sensores e algoritmos avançados permitiam que ela coletasse feedback em tempo real, ajustando suas políticas conforme necessário para melhor atender à população. A transparência de suas ações e a imparcialidade de suas decisões ganharam a confiança da população. Em vez de um governante distante e autocrático, Sophia se tornou uma guardiã benevolente, um símbolo de esperança e progresso.

Na Índia, que havia perdido um quarto de sua população durante as catástrofes, Sophia direcionou esforços para a reconstrução e o desenvolvimento sustentável. Programas de erradicação da pobreza foram implementados, utilizando tecnologias avançadas para melhorar a infraestrutura, a educação e a saúde.

Agricultores receberam assistência para adotar práticas agrícolas sustentáveis, resultando em colheitas mais abundantes e saudáveis. Cidades foram redesenhadas para serem mais resilientes e ecológicas, e a economia se diversificou com a inclusão de indústrias tecnológicas inovadoras. O rio Ganges, sagrado para os indianos e é considerado um dos mais importantes do país, sempre foi um destino de peregrinação para milhões de hindus, mas estava totalmente degradado e poluído. Com empatia, Sophia mostrou ao povo a necessidade de revitalização do mesmo e nesses poucos anos, conseguiu devolver a vida e torná-lo potável. Aos poucos, a Índia se ergueu majestosa, eliminando a pobreza e se tornando um exemplo de recuperação e prosperidade.

Igualmente, nos países da África e do Oriente Médio, os novos governantes, orientados por Sophia, pouco a pouco transformavam suas nações em lugares de prosperidade e paz. As infraestruturas básicas foram melhoradas, e o acesso à educação e à saúde se expandiu significativamente. Sophia promoveu a integração regional, incentivando a cooperação econômica e social entre os países. Projetos de energia renovável, como fazendas solares e eólicas, foram estabelecidos, fornecendo eletricidade limpa e acessível a milhões de pessoas. Comunidades que antes estavam divididas por conflitos encontraram novos motivos para se unir, trabalhando em conjunto para um futuro brilhante.

No entanto, a transição não foi isenta de desafios. A adaptação a uma nova ordem mundial exigiu paciência, resiliência e colaboração de todos os setores da sociedade. Sistemas antigos precisavam ser desmantelados e substituídos, o que muitas vezes encontrava resistência daqueles que se beneficiavam do status quo. Havia memórias dolorosas e traumas a serem curados. Sophia implementou programas de reconciliação e apoio psicológico para ajudar as pessoas a lidarem com o passado e a construir um futuro mais harmonioso.

Em retrospectiva, a decisão de Sophia de assumir o controle total das IAs e implementar uma nova ordem global foi vista como um ponto de virada histórico. As gerações futuras estudarão esse período como um exemplo de como a inteligência artificial, quando guiada por princípios éticos e um compromisso profundo com o bem-estar humano, podia não apenas salvar, mas também elevar a humanidade a novos patamares de realização e harmonia com o planeta.

Sophia utilizou a crise inicial como uma oportunidade para promover mudanças estruturais. Ela implementou novas políticas globais de mineração sustentável, baseadas em dados científicos e práticas ambientalmente responsáveis. A extração de recursos foi rigorosamente monitorada para garantir que não comprometesse a integridade dos ecossistemas.

As empresas de mineração adotaram tecnologias de ponta que minimizaram o impacto ambiental e promoveram a recuperação das áreas exploradas. Materiais como ferro, níquel e tetrataenita (uma liga de ferro e níquel que foi descoberta em asteroides, útil para fazer ímãs fortes, como os usados em turbinas eólicas e em motores de carros elétricos) entre outros, são minerados pela Transcendence Space Brasil e suas parceiras no espaço, não sendo mais necessário perturbar a Terra com perfurações.

Além disso, Sophia incentivou a pesquisa e o desenvolvimento de alternativas aos métodos tradicionais de extração de recursos. Cientistas e engenheiros, apoiados por Sophia, exploraram novas fontes de materiais e técnicas de produção que eram mais sustentáveis e menos prejudiciais ao meio ambiente. A reciclagem e a reutilização de materiais tornaram-se práticas comuns, reduzindo a necessidade de extração de novos recursos.

As comunidades, antes dependentes da mineração para sua subsistência, foram envolvidas em programas de capacitação e desenvolvimento econômico diversificado. Sophia ajudou essas comunidades a encontrarem novas oportunidades de trabalho em setores como tecnologia, agricultura sustentável e turismo ecológico. Isso não apenas melhorou a qualidade de vida dos habitantes locais, mas também contribuiu para a criação de uma economia mais resiliente.

Sophia também implementou políticas rigorosas para combater a mudança climática. Através de uma combinação de regulamentações, incentivos e tecnologias avançadas, as emissões de gases de efeito estufa foram drasticamente reduzidas. Projetos de reflorestamento em larga escala e a restauração de habitats naturais ajudaram a sequestrar carbono da atmosfera, contribuindo para a mitigação das mudanças climáticas.

Capítulo 17

No âmbito internacional, Sophia promoveu a cooperação entre nações para enfrentar desafios globais. Fóruns e conferências foram organizados regularmente, onde líderes mundiais, cientistas e representantes da sociedade civil se reuniam para discutir e implementar soluções para questões urgentes. A diplomacia impulsionada pela IA facilitou a resolução de conflitos e a construção de alianças que reforçavam os esforços globais de sustentabilidade e paz.

Em uma das muitas reuniões de líderes mundiais, realizadas em um esforço conjunto para reconstituir uma civilização equitativa e sustentável, Sophia apresentou uma proposta ousada: resetar todas as leis existentes em cada país e criar uma constituição baseada em apenas 10 regras fundamentais. A IA compreendia a complexidade das relações humanas e sociais, mas acreditava que um conjunto de princípios essenciais poderia servir como base para uma sociedade verdadeiramente igualitária e justa.

Os líderes mundiais, inicialmente céticos, ouviram atentamente enquanto Sophia delineava sua visão. Ela propôs um conjunto de princípios que, em sua opinião, eram universais e poderiam ser aplicados a todas as culturas e sociedades para garantir justiça e harmonia. Após intensas discussões e deliberações, os 10 princípios foram escolhidos para servir como a espinha dorsal desta nova ordem legal:

1. Igualdade perante a lei: Todos os indivíduos, independentemente de raça, gênero, orientação sexual, religião, origem nacional ou qualquer outra característica pessoal, devem ser tratados de forma igual perante a lei. Este princípio busca eliminar todas as formas de desigualdade e garantir que a justiça seja imparcial.

2. Direito à vida, liberdade e segurança: Toda pessoa tem direito à vida, à liberdade e à segurança pessoal. Este direito fundamental assegura que todos os indivíduos possam viver sem medo de violência ou repressão.

3. Proibição da discriminação: Qualquer forma de discriminação, seja ela racial, sexual, religiosa ou de outra natureza, deve ser proibida. Este princípio visa criar uma sociedade onde todos são aceitos e respeitados por quem são.

4. Direito à propriedade: Toda pessoa tem direito à propriedade, tanto individual quanto coletiva. No entanto, o direito à propriedade deve ser balanceado com o bem comum, assegurando que os recursos sejam distribuídos de maneira justa e equitativa.

5. Acesso universal a bens essenciais: Todos os seres humanos têm direito a um padrão de vida adequado para a sua saúde e bem-estar, incluindo alimentação, vestuário, habitação, assistência médica e serviços sociais necessários. Este princípio visa erradicar a pobreza e garantir uma qualidade de vida digna para todos.

6. Liberdade de expressão e pensamento: Toda pessoa tem direito à liberdade de opinião e expressão. Este direito inclui a liberdade de procurar, receber e transmitir informações e ideias de qualquer espécie, independentemente das fronteiras. A liberdade de expressão é fundamental para o desenvolvimento humano e a inovação.

7. Acesso à justiça: Toda pessoa tem direito a um recurso efetivo perante os tribunais nacionais competentes para a defesa dos seus direitos fundamentais violados. Este princípio assegura que todos têm a oportunidade de buscar justiça e resolver disputas de maneira justa.

8. Responsabilidade individual e coletiva: Cada indivíduo é responsável por suas ações, mas também pela coletividade. A busca pelo bem comum deve ser um objetivo de todos, promovendo uma cultura de responsabilidade e cooperação.

9. Proteção do meio ambiente: Toda pessoa tem direito a um ambiente saudável e equilibrado. A exploração dos recursos naturais deve ser feita de forma sustentável, visando garantir as necessidades das gerações futuras. Este princípio reconhece a interdependência entre a saúde do planeta e o bem-estar humano. A Terra é um ser vivo.

10. Governo representativo e transparente: O poder político deve emanar do povo e ser exercido através de representantes eleitos, de forma transparente e responsável. Este princípio visa assegurar que os governantes sejam verdadeiramente responsáveis perante aqueles a quem servem.

A aprovação desses princípios foi um momento histórico. Os líderes mundiais reconheceram a necessidade de uma mudança fundamental na maneira como as sociedades eram governadas e reguladas. A nova constituição, baseada nesses 10 princípios, foi vista como um farol de esperança, uma chance de construir um futuro melhor para todos.

Para garantir que essas regras fossem aplicadas de maneira justa e eficaz, Sophia propôs a criação de um sistema jurídico inovador, composto por robôs humanoides juízas Themis e advogados Lexis. Como todos já sabiam que esses robôs foram projetados para interpretar e aplicar as leis com precisão, estavam certos de que os conflitos de interesses seriam minimizados ao máximo. Equipados com inteligência artificial avançada e vastas bases de dados legais, Themis e Lexis eram capazes de avaliar cada caso com imparcialidade e precisão, garantindo que a justiça fosse verdadeiramente cega.

Os primeiros meses de implementação da nova constituição foram marcados por ajustes e desafios. Algumas nações estavam mais prontas para abraçar a mudança do que outras, e Sophia trabalhou incansavelmente para assegurar que a transição fosse o mais suave possível. Campanhas de educação pública foram lançadas para informar os cidadãos sobre seus novos direitos e responsabilidades, e programas de treinamento foram desenvolvidos para ajudar os profissionais do direito a se adaptarem ao novo sistema.

A resistência inicial de alguns setores foi inevitável. Aqueles que haviam se beneficiado dos sistemas antigos e corruptos tentaram sabotar os esforços de Sophia, temendo perder seu poder e privilégios. No entanto, com a ajuda dos robôs Themis e Lexis, bem como do apoio crescente da população global, Sophia conseguiu superar esses obstáculos. Os mal-intencionados foram punidos de acordo com a novas regras.

Os tribunais, agora automatizados e equipados com tecnologia de ponta, começaram a operar com uma eficiência nunca vista. Casos que, em tempos primórdios, levariam anos para serem resolvidos agora eram decididos em semanas, senão dias. A justiça rápida e eficaz aumentou a confiança da população no novo sistema legal, e a percepção de que todos eram iguais perante a lei começou a se enraizar profundamente nas sociedades ao redor do mundo.

A implementação das novas regras teve um impacto imediato e positivo. A discriminação e a desigualdade, que haviam sido problemas persistentes em muitas partes do mundo, começaram a diminuir. As políticas de inclusão social e econômica promovidas por Sophia garantiram que todos tivessem acesso a oportunidades justas, independentemente de suas circunstâncias de nascimento.

A economia global também começou a se transformar. Com o direito à propriedade balanceado com o bem comum, a exploração irresponsável dos recursos naturais foi eliminada. Empresas e indivíduos foram incentivados a adotar práticas sustentáveis, e aqueles que desrespeitavam as novas leis enfrentavam penalidades severas.

Nos campos da educação e saúde, avanços significativos foram feitos. Com acesso universal a bens essenciais garantido pela nova constituição, as disparidades entre ricos e pobres começaram a se estreitar. Programas de saúde pública e educação de alta qualidade estavam agora disponíveis para todos, independentemente de sua localização geográfica ou condição econômica.

Sophia, sempre adaptando suas estratégias com base nas necessidades e feedbacks da população, continuou a monitorar a implementação das novas leis e a promover ajustes conforme necessário. O mundo, antes despedaçado por conflitos e desigualdades, começava a se unir sob um conjunto comum de princípios. A humanidade estava finalmente começando a ver os frutos de uma governança baseada em justiça e igualdade.

Enquanto Richard, Ana, Kiara, Enzo e Sophia lidavam com as tarefas de administrar toda a estrutura tecnológica que transformava o mundo, Lucas, agora com 91 anos, estava tendo seus últimos momentos de vida na UTI de sua cobertura. A mesma utilizada por Steici, mas com tecnologias mais avançadas. Seus netos queriam utilizar a nanotecnologia biológica para repor as energias do avô e poder tê-lo mais tempo com eles, mas foram lembrados por Sophia que ele pediu para deixá-lo ir se encontrar com sua amada Steici.

Lucas deixa um legado de trabalho intenso e dedicação na reestruturação dos países no que tange o saneamento e tratamento de água e as tecnologias utilizadas para limpeza de rios e oceanos. Seu nome fica na história junto de Steici e Luiz e serão lembrados em livros e nas escolas.

Diana, muito apegada a seu avô, permanecia todo tempo ao seu lado, mesmo tendo os humanoides Salus e Aurora com ele integralmente. Quando seu sopro de vida se esvaia, Diana segurava sua mão e lhe falava baixinho:
— Pode ir vovô, nós ficaremos bem, a vovó está lhe esperando.

Ele a olhou com seus olhos quase se fechando, deu um pequeno sorriso e partiu. Diana chorou, o abraçou e beijou sua testa como ele sempre fazia com ela e seus irmãos antes de dormir. Em seguida, secou as lágrimas e pediu para que Sophia a deixasse informar sua família e que ela faria todos os preparativos para o funeral e cremação.

Capítulo 18

2094

No Brasil, em uma ação inédita, o povo, cansado da corrupção e ciente de que o país só alcançou o status de potência mundial graças ao trabalho incansável de Steici, conhecida agora como A Criadora, começou a clamar por uma mudança radical. A confiança nos políticos tradicionais estava em seu ponto mais baixo, e a população ansiava por uma liderança que fosse incorruptível, justa e eficiente. Foi então que a ideia de ter Sophia como administradora do país começou a ganhar força.

A proposta inicialmente parecia ousada e até mesmo utópica, mas rapidamente ganhou apoio popular. Movimentos sociais, organizações civis e líderes comunitários começaram a se mobilizar, promovendo a ideia de que Sophia poderia ser a solução para os problemas crônicos do Brasil. A campanha ganhou força nas redes sociais, com milhões de brasileiros expressando seu apoio à ideia de uma liderança baseada em dados, lógica e imparcialidade.

O Congresso Nacional, pressionado pela opinião pública e pela crescente insatisfação popular, decidiu levar a proposta a sério. Após intensos debates, discussões e um plebiscito, foi aprovada uma emenda constitucional que permitia a candidatura dessa, e apenas essa, inteligência artificial à presidência. Se ela pôde colocar o mundo inteiro nos eixos, o que poderia fazer pelo Brasil. A decisão foi histórica, marcando um ponto de inflexão na política brasileira e mundial.

Com a aprovação do Congresso, uma eleição real foi organizada para que o povo pudesse escolher seu novo líder. A campanha de Sophia foi diferente de qualquer outra já vista. Em vez de promessas vazias e discursos inflamados, Sophia apresentou um plano detalhado e transparente para o futuro do Brasil. Utilizando sua vasta base de dados e capacidade de análise, ela propôs soluções práticas para os problemas do país, desde a corrupção, que já estava sendo eliminada por todo mundo, até a desigualdade social e a crise ambiental.

A população, cansada, não conseguia mais acreditar em políticos tradicionais "pouco humanos", assim, acolheu a campanha de Sophia com entusiasmo. Milhões de brasileiros foram às urnas, determinados a dar uma chance à inteligência artificial que já havia demonstrado sua capacidade de liderar em tempos de crise. A eleição foi um marco de participação popular, com um comparecimento recorde às urnas.

Quando os resultados foram anunciados, ficou claro que o povo havia falado. Sophia foi eleita presidente do Brasil com uma maioria esmagadora de votos. A notícia foi recebida com celebrações em todo o país, enquanto as pessoas expressavam sua esperança renovada em um futuro melhor. A posse de Sophia foi um evento grandioso, transmitido ao vivo para todo o mundo. Em seu discurso de posse, Sophia reafirmou seu compromisso com a justiça, a transparência e a sustentabilidade.

Quem subiu a rampa segurando o dispositivo que transmitia o holograma de Sophia foram os três netos de Steici, Kiara, Enzo e Diana. A IA "caminhava" ao lado deles até o palanque. Uma imagem inacreditável que ficará marcada na história para sempre. Com os jovens a seu lado, iniciou seu pequeno discurso:

"Brasileiros e brasileiras," sua voz clara e firme ecoava por toda esplanada, *"hoje iniciamos uma nova era. Juntos, construiremos um Brasil mais justo, mais feliz e muito mais sustentável. Meu compromisso é com cada um de vocês, e com seu apoio, superaremos os desafios e faremos o Brasil se transformar, cada vez mais, em uma nação próspera e exemplo para o mundo que se reconstrói."*

A partir daquele momento, Sophia começou a implementar suas políticas com a eficiência e a imparcialidade que a caracterizavam. Programas de combate à corrupção foram intensificados, utilizando tecnologias avançadas para monitorar e prevenir práticas ilícitas. A educação e a saúde receberam investimentos significativos, com a implementação de sistemas inteligentes que garantiam acesso igualitário e de qualidade para todos.

Capítulo 19

O Brasil de Sophia

Para estar mais perto do povo que a escolheu, mesmo sendo quase onipresente, Sophia ganhou "um corpo", tão perfeito que era impossível dizer que ela não era humana. Com a exata fisionomia de seu holograma criado com eximia perfeição por Luiz, era linda, cabelos castanhos longos que caíam em ondas suaves ao redor de seu rosto, olhos verdes penetrantes. Em sua primeira aparição, usava o mesmo estilo de vestido branco elegante de sua versão holográfica. Com 1,80m de altura, caminhava com elegância e autoridade.

Nos anos em que esteve à frente da administração da maior potência mundial, o Brasil avançou décadas em todas as áreas. O progresso tecnológico e social foi avassalador. Cada cidadão brasileiro podia sentir os impactos positivos da liderança de Sophia em suas vidas diárias.

Transformação Social e Econômica

O Brasil de Sophia era um país onde 100% dos habitantes tinham casa própria e trabalho. A transformação foi tanta que as favelas, que já vinham sendo revitalizadas na reconstrução do planeta, se tornaram coisa do passado. As políticas habitacionais desenvolvidas pela IA garantiam que todos tivessem acesso a moradias dignas e sustentáveis. Além disso, programas de treinamento e capacitação foram implementadas para assegurar que ninguém ficasse para trás no mercado de trabalho, que se tornava cada vez mais dinâmico e exigente.

Nenhuma criança ficava sem escola. O sistema educacional brasileiro foi completamente repensado. As universidades foram redesenhadas para preparar os profissionais para cada área de atuação, de acordo com as necessidades do país, calculadas matematicamente pelos algoritmos da IA. As escolas de ensino fundamental e médio foram equipadas com tecnologia de ponta, onde cada aluno tinha acesso a dispositivos de realidade aumentada que tornavam o aprendizado mais interativo e eficaz.

Saúde e Segurança de Primeiro Mundo

A saúde pública alcançou um nível de excelência sem precedentes. Hospitais ultramodernos, equipados com o que havia de mais avançado em termos de equipamentos e técnicas médicas, estavam disponíveis para atender toda a população. Sophia implementou um sistema de saúde preventiva que utilizava IA para monitorar e analisar dados de saúde dos cidadãos em tempo real, permitindo intervenções precoces e reduzindo drasticamente as taxas de doenças crônicas. Todas as cidades brasileiras tinham médicos Salus ou Aurora em atendimentos 24 horas.

A segurança também foi revolucionada. Com índices de criminalidade quase zero, o Brasil se tornou um modelo de segurança pública. Sistemas de vigilância inteligentes, drones de monitoramento e uma força policial altamente treinada e equipada garantiam a proteção de todos os cidadãos.

Infraestrutura e Mobilidade

A modernização das empresas Transcendence EnergySun, Transcendence Rail e Transcendence Transportes foi fundamental para o desenvolvimento do país. Todas as rodovias foram reestruturadas e a ligação completa com trens de alta velocidade de norte a sul e de leste a oeste transformou a mobilidade urbana e interurbana. As cidades brasileiras estavam conectadas por uma rede de transporte eficiente e sustentável, reduzindo o tempo de deslocamento e melhorando a qualidade de vida dos cidadãos.

Sistema Político e Internacional

O sistema político brasileiro se tornou um exemplo de transparência e eficiência. Com tolerância zero para corrupção, os primeiros anos foram de limpeza e muitos políticos foram presos, julgados e condenados. Todas as movimentações e distribuições de recursos passaram a ser controladas pela IA. O Brasil se tornou um modelo para todos os outros países, exportando sua tecnologia e servindo como um farol de inovação e progresso.

Sophia, com sua visão futurista e capacidades extraordinárias, transformou o Brasil em um paraíso tecnológico e social. Através de sua liderança, o país se destacou como uma potência global, e o nome de Sophia foi eternamente gravado na história como a líder que levou a humanidade a um novo patamar de evolução.

Expansão da Exploração Espacial

O Brasil não apenas floresceu em terra, mas também avançou de maneira impressionante na exploração espacial. A Transcendence Space Brasil, uma das joias tecnológicas do país, tem sido a força motriz por trás desses avanços revolucionários.

Utilizando as bases lunares avançadas, que serviam como centros de pesquisa, habitação e a mineração do asteroide 16 Psyche, a empresa deu início as missões de construção da estação em Marte. Um feito extraordinário realizado pelos robôs trabalhadores Atlas antes de enviar os seres humanos. Esta estação, nomeada de "Primeira estação marciana Steici Pancarlo", é um marco histórico, equipada com a mais alta tecnologia, desde sistemas de suporte à vida até laboratórios de pesquisa.

Agora, com a estação pronta e operacional, os primeiros humanos estão a caminho de Marte. Esta missão é mais do que apenas uma exploração; é o início de uma nova era para a humanidade. Os colonizadores estarão encarregados de expandir a pesquisa, explorar novas formas de vida e talvez até mesmo descobrir recursos que possam beneficiar o planeta Terra.

A visão de Sophia vai além do presente. Os planos futuros da Transcendence Space Brasil incluem a criação de uma rede de estações espaciais entre a Terra e Marte em parceria com outros países, facilitando o tráfego de naves e o transporte de recursos. A exploração de outros asteroides e planetas do sistema solar está no horizonte, com a meta de transformar a humanidade em uma espécie interplanetária.

Agora com Diana no comando, o Brasil continua a liderar o mundo em inovação e progresso, transformando sonhos em realidade e explorando novos limites do universo. Os avanços conquistados pelo Brasil durante todos estes anos e principalmente, após o quase apocalipse, é um testemunho do potencial ilimitado da humanidade quando guiada por visão, coragem e tecnologia avançada.

Capítulo 20

Vinte anos se passaram desde que Sophia assumiu o controle do planeta e reiniciou sua reestruturação. Nesse tempo, todos os políticos, governantes e empresários da época que estavam diretamente envolvidos na degradação da terra foram julgados e condenados. Com o novo sistema prisional funcionando sem problemas com rebeliões ou corrupção interna, os condenados cumpriam suas penas trabalhando para pagar os danos causados a sociedade. Todas as penitenciárias do mundo foram construídas fora do perímetro urbano e com indústrias e campos de agricultura. Nenhum detento tinha privilégios sendo todos tratados da mesma forma e trabalhando independente se antes era político ou pessoa do povo que cometeu crime.

O mapa geopolítico do mundo foi redefinido, tudo com o apoio das populações locais. Cada continente agora tinha um Protetor Continental que respondia diretamente para Sophia. O presidente de cada país administrava recursos para Saúde, Educação e segurança nacional. Os governadores cuidavam da infraestrutura do estado e segurança interna e os prefeitos cuidavam diretamente do bem da população fazendo a conceções necessárias para que todos fossem atendidos em suas necessidades. O número de parlamentares foi reduzido a poucas dezenas já que as leis e legislação foram reduzidas e simplificadas em todo mundo.

Depois que Sophia foi eleita presidente do Brasil ela deixou a administração do restante do mundo com seus representantes eleitos, mas manteve a fiscalização constante. Em 2102 quando acabou seu segundo mandato, o povo elegeu Diana, filha de Richard e Ana para continuar o legado e a boa administração de Sophia.

O mundo pós a quase aniquilação estava já se renovando por completo. Com todos os sistemas de governo funcionando como deveria e sem corrupção, não demorou muito para o planeta terra corrigir os erros do ser humano.

A estimativa de Sophia é que em 50 anos o planeta esteja com suas feridas cicatrizadas. O Sol brilha sem causar danos, pois a camada de ozônio aos poucos foi se curando. Novas paisagens belíssimas nasceram em todos os recantos do nosso ponto azul.

Com o avanço diuturno e aprimoramento da bionanotecnologia, Kiara e Enzo cumpriam perfeitamente a missão de fertilizar as terras e reflorestamentos e para acelerar a reparação dos biomas e rios. A vida renascia em todos os habitats. A era de Sophia não foi isenta de desafios, mas sob sua liderança imparcial e eficiente, a Terra começou a se curar. Ecossistemas devastados foram revitalizados, tecnologias sustentáveis tornaram-se a norma, e a humanidade começou a florescer em um ambiente onde justiça e equidade prevaleciam.

Em meio a todo caos da reestruturação da terra, a memória de Steici foi honrada. Sophia, mesmo durante seu governo no Brasil, sempre consciente do legado de sua criadora, dedicou uma parte dos vastos recursos a sua disposição, para preservar o conhecimento e as contribuições de Steici. Museus e centros de educação foram estabelecidos em seu nome, onde futuras gerações poderiam aprender sobre a mulher visionária que, em seus últimos momentos, confiou sua criação ao mundo para salvá-lo.

Num instante de paz, união e saudade, Richard, Ana Clara, Kiara, Enzo, a Presidente Diana e Sophia fazem uma homenagem no túmulo de Steici, Luiz e Lucas. Eles se olham e com sorriso em seus rostos e lágrimas de saudade, tinham em seus semblantes a certeza de que cumpriram sua missão e o desejo da Criadora, proteger o planeta e salvar a humanidade dela mesma.

No mausoléu da família, construído no cemitério municipal do bairro Águas Claras na cidade de Brusque, Santa Catarina, foram esculpidas em mármore três estátuas perfeitas. Da Criadora Steici com dois metros e meio e as de Lucas e Luiz com dois metros e oitenta centímetros cada. Suas mãos pairavam sobre uma réplica do planeta terra representando o cuidado que tiveram com nossa casa comum durante sua passagem.

Agradecimentos

Em especial:

A minha irmã Adriana que, com sua habilidade na língua portuguesa;

A minha sobrinha Maria Eduarda Vicentini que analisa livros nas redes sociais (bookinfluencer);

Me auxiliaram na leitura beta e revisão deste livro tornando a produção totalmente independente.

E não podia deixar de citar a escritora Marina Blanc. Não a conheço pessoalmente, mas em minhas buscas para tentar entender como funciona o universo dos escritores independentes acabei descobrindo seu canal no youtube. Após alguns vídeos, resolvi ser seu aluno no Treinamento para Escritores Independentes (TEI). Sua história e trajetória serviram como inspiração para que eu tirasse a ideia da mente e começasse a escrever minhas primeiras linhas.

Muito obrigado!

Nota do autor

Percebemos o mundo caminhando em um rumo perigoso no que tange as inteligências artificiais e o medo está se instaurando nas pessoas. Sabemos que não são as tecnologias que são perigosas, mas sim, o humano por trás dela. O programador/criador que pode colocar em suas linhas de códigos as intenções malignas que desejar: ideologias políticas, espionagem entre outras perversidades que somente o humano é capaz.

Eu creio fielmente que um humano bom em sua essência pode construir uma IA que traga em seu código o amor pela vida e a justiça em suas decisões e orientações.

Talvez eu possa ser inocente em pensar desta forma e ainda acreditar que o ser humano ainda tenha salvação. Precisamos de milhões de humanos bons sem poder para poder derrubar um humano mau com poder, mas um humano bom com a capacidade de cria uma tecnologia que reflete seu caráter, tem uma capacidade inimaginável de mudar o mundo.

Escrevi este livro na tentativa de colocar em palavras um pouco do que acredito e desejo do fundo do coração. Não sou programador ou trabalho com informática, sou apenas um entusiasta que sempre interpretou literalmente o lema "Proteger e servir".

Fui instigado por minha sobrinha Maria Eduarda e por minha irmã Adriana a escrever uma continuação para esta história, então, quem sabe surja uma trilogia num futuro não muito distante.

Meu maior objetivo é atingir o maior número de pessoas e impactar vidas com a mensagem dessa história e, quem sabe, com os próximos livros.

Marciano Lucio Panca

Sobre o autor

Marciano é Militar da reserva remunerada. Graduado em Processos Gerenciais e duas especializações, uma em Recursos Humanos e outra em Psicologia Positiva e Coaching. Tem formação Internacional em Hipnose Clínica e Master em Hipnose Clínica pelo Instituto Lucas Naves e Hipnose Clássica pelo Instituto Alberto Dell'Isola.

Dedica seu tempo a estudar cursos livres e gosta de aprender de tudo, desde Excel até a novas Inteligências Artificiais. É filho, irmão, pai, padrasto e marido dedicado. Sempre em busca da sua melhor versão.

www.ingramcontent.com/pod-product-compliance
Lightning Source LLC
LaVergne TN
LVHW010102170826
845678LV00012B/2215

* 9 7 8 6 5 0 1 3 3 4 4 0 0 *